D1723990

BAND 1

SIMON SPURRIER
GERMAN ERRAMOUSPE

DANTES VERLAG

BAND 1

erdacht und geschrieben von
Simon Spurrier

gezeichnet und getuscht von
German Erramouspe

koloriert von
Digikore Studios

Logo-Design von
Emma Price

aus dem Englischen übersetzt von
Jens R. Nielsen

gelettert von
Josch

Korrektur gelesen von
Martin Ebert

Alle Rechte vorbehalten

Originaltitel: *Disenchanted Volume 1*, © 2013, 2014 Avatar Press Inc., Illinois [USA]
© der Übersetzung: Dantes Verlag und Jens R. Nielsen

DANTES VERLAG

Verlag Josua Dantes
Sylter Weg 6, 68305 Mannheim
ISBN 978-3-946952-53-4
Erste Auflage, Juni 2020
www.dantes-verlag.de

Druck und buchbinderische Verarbeitung: Balto Print, Vilnius

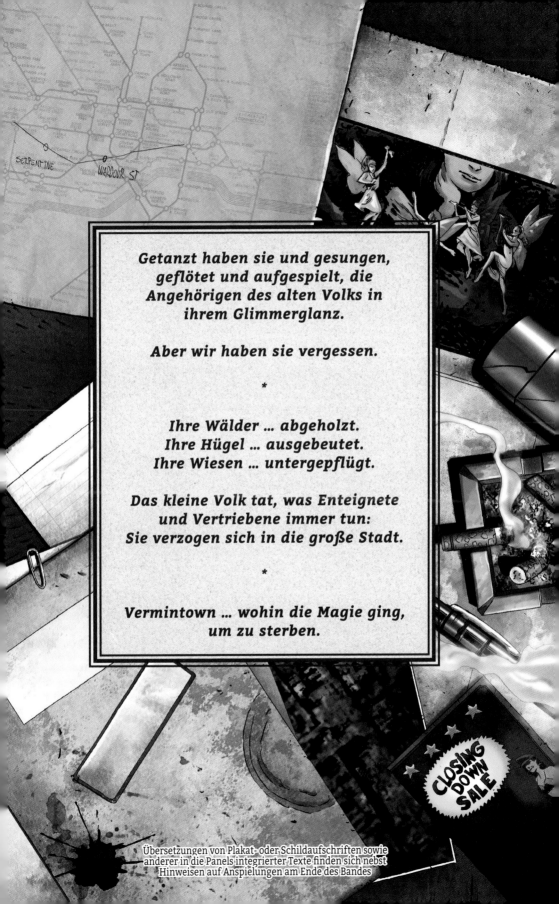

Getanzt haben sie und gesungen,
geflötet und aufgespielt, die
Angehörigen des alten Volks in
ihrem Glimmerglanz.

Aber wir haben sie vergessen.

*

Ihre Wälder ... abgeholzt.
Ihre Hügel ... ausgebeutet.
Ihre Wiesen ... untergepflügt.

Das kleine Volk tat, was Enteignete
und Vertriebene immer tun:
Sie verzogen sich in die große Stadt.

*

Vermintown ... wohin die Magie ging,
um zu sterben.

Übersetzungen von Plakat- oder Schildaufschriften sowie
anderer in die Panels integrierter Texte finden sich nebst
Hinweisen auf Anspielungen am Ende des Bandes

❶ TIBITHA LEVERET

Älteste ihrer Art, daher kommt ihr die spirituelle Führerschaft der nach Vermintown migrierten Elfen zu.

❷ STOTE

Tibithas Sohn; gewählter Wegfinder – das sind die traditionellen Vorsteher einer Gemeinschaft; arbeitet für Mister Vestish, einen Kobold, als Müll-Durchsucher an der Oberfläche

❸ FIG

Stotes Sohn, Tibithas Enkel; ist sechzehn Halbzyklen alt und hat so gut wie keine Erinnerungen an die Zeit vor Vermintown

❹ TAEL

Figs älterer Zwillingsbruder; hat helleres Haar und scheint der fröhlichere von beiden zu sein; begabt in der Anwendung von Elben-Glimmerglanz

❺ SAL

Tibithas Tochter und Stotes Schwester; Mitglied der Vermintown-Miliz, einer artenübergreifenden Polizeitruppe

Ausserdem:

⑥ SCATTLE: Ein Kobold; Kommandeur der Miliz und Sals Arbeitgeber

⑦ SUHLIE: Ein Leprechaun; Anführer der Spinners, einer Straßenbande

⑧ BREEKLE: Ein Kobold; gerade in die Miliz eingetreten und Sal als neuer Partner zugeteilt

⑨ LITH: Eine Piktsie; dealt für die Spinners mit der Straßendroge Grein

⑩ NORO: Ein Elben-Ältester; assistiert Tibitha und organisiert die Jugendbewegung „WildWanderung"

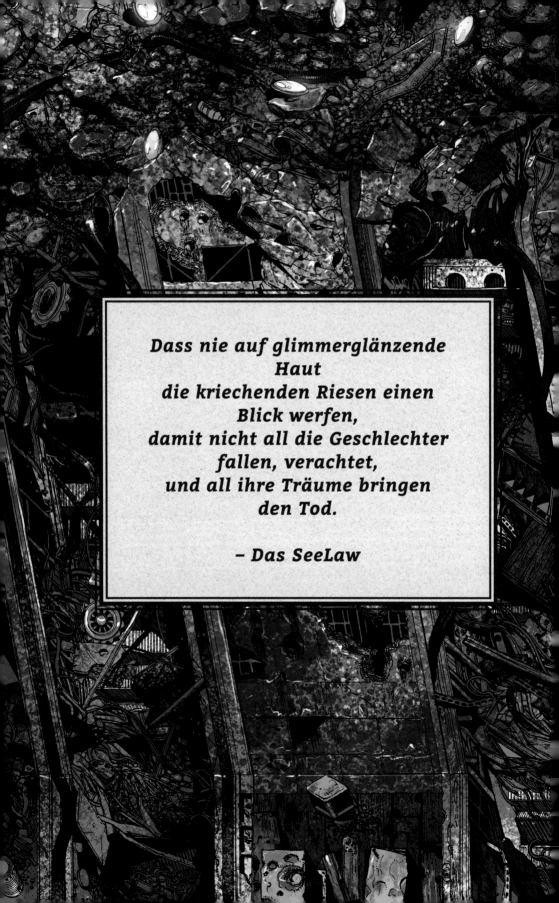

Dass nie auf glimmerglänzende
Haut
die kriechenden Riesen einen
Blick werfen,
damit nicht all die Geschlechter
fallen, verachtet,
und all ihre Träume bringen
den Tod.

– Das SeeLaw

ICH **MUSS** DAS NICHT SEHEN, TIBBS.

WEISS ICH DOCH. UND **DU** WEISST, WAS JETZT KOMMT ...

JIIIIEP!

„DIE FALLE WAR BESSER GETARNT. DU ERINNERST DICH **MIT ABSICHT** FALSCH, DAMIT ICH WIE 'N DEPP DASTEH."

„DU **WARST** EIN DEPP, DU PELZIGER SCHWACHKOPF."

„KANN MICH **GENAU** DRAN ERINNERN. DANKE DAFÜR. DENN DAS WAR DERSELBE TAG, AN DEM WIR **GETANZT** HABEN ... FÜR ... FÜR ..."

"... FÜR *SIE*."

"SIE UND IHRE KLICKBOX. WAR 'NE *SÜNDE*. SCHRECKLICH. 'N SCHLIMMES *VERBRECHEN*."

"ABER WIR WAREN JUNG. UND AUFGEKRATZT, WEIL WIR DEINEN FÄNGEN ENTKOMMEN WAREN. DER *GLIMMERGLANZ* DES LEBENS ... UND DES *WALDES* ... UND DER *BLUMEN* ..."

"DAS GANZE GEWESE."

"JA, WIR WAREN JUNG. WIE *SIE*. UND ,SÜNDE' ODER ,VERBRECHEN' ODER SOWAS WAREN NICHT MEHR ALS EIN *WICHSESPRITZER* FÜR UNS."

ABER AM ENDE VERSCHLINGEN DICH DEINE SÜNDEN, TIBBS.

UND DIE VERBRECHEN ... WERDEN NICHT VERGESSEN.

UND DIE BLUMEN UND DIE WÄLDER ... UND ALLE DEINE SCHWESTERN, GROSSMUTTER TIBBS ... UND EURE SILBER-GLÖCKCHEN ...

HEEEEE ...

9

SIE SIND *WEG.*

UND *NUN* ...

NUN IST'S AN DIR ...

TIBITHA?

ES IST SOWEIT, ÄLTESTE.

HMM...?

DIE *JUNGEN* ... SIE *WARTEN* AUF DICH.

ABER ...

JA. *JA,* NATÜRLICH. DIE *JUNGEN.*

HILF MIR AUF, NORO.

WORÜBER SOLL ICH HEUTE REDEN?

DAS GLEICHE WIE IMMER, ÄLTESTE.

REDE ÜBER UNSRE *BRÄUCHE.*

13

S... SEINE FREUNDIN IST TOT ...

DANACH SIEHT'S WOHL AUS, JA.

DUUU FOTZEN-LECKER!

TIEF LUFTHOLEN, PARTNER.

GUTE ARBEIT, NEUER. DIES HIER IST DEIN ERSTER UNDICHTER.

„U..."? ER HATTE 'NE ÜBERDOSIS?

NUN JA.

ENTWEDER DAS ... ODER JEMAND HAT TATSÄCHLICH DIE SONNE GEKLAUT UND ER HAT SICH ZU RECHT AUFGEREGT.

DAS ABER ...

... WERDEN WIR NICHT HERAUSFINDEN.

„EKELHAFT!"

... UND DANN VERSCHWANDEN DIE WÄLDER, ES WUCHSEN KEINE PILZRINGE MEHR UND GERÜCHTE ÜBER, ÄH ... EINEN *RÜCKZUGSORT UNTER DER ERDE* MACHTEN DIE RUNDE.

UND AUCH, WENN SIE ES SCHWEREN HERZENS TUN ... NACH UND NACH VERLASSEN *ALLE* STÄMME DAS WILDE ...

... RICHTUNG *VERMINTOWN*.

ABER *WIR ALLE* HABEN GESCHWOREN, DIE *ALTEN WEGE* ZU BEWAHREN.

FIG?

FIG!

WAS IS'?

TESSY BRAY GUCKT DIE GANZE ZEIT ZU DIR RÜBER.

SIE HAT NETTE MÖPSE.

UND 'N GESICHT WIE 'NE RATTENMÖSE, TAEL. IHRE TITTEN SIND SCHEISSE.

„RATTEN-MÖSE"? OKAY.

PSSST, IHR ZWEI.

UNSER ERBE, KINDER. *TRADITION*.

DAS **MUSS** AUFHÖREN!

ABER ... **ICH** HAB NICHTS ...

GLAUBT IHR, IHR KÖNNT EUCH **ALLES** ERLAUBEN, NUR WEIL DIE ÄLTESTE EURE **GROSSMUTTER** IST?

DIE TREFFEN SOLLEN EUREN VERSTAND FÖRDERN, EUCH EIN GEFÜHL **MÜTTERLICHER NESTWÄRME** GEBEN ...

UNSERE **MUTTER** IST **TOT**.

HHH.

DANKE, ÄLTESTER NORO. ICH ÜBERNEHM DANN JETZT MAL.

SIE SOLLTEN BEI MEINER **WILDWANDERUNG** MITMACHEN ... DER **DISZIPLIN** WEGEN ...

DU SOLLTEST MIT IHREM VATER REDEN, TIBITHA.

DANKE, NORO. GEH JETZT.

ICH BIN NICHT **BLÖD**, FIG.

ZUMINDEST NICHT BLÖD GENUG FÜR DEN „ICH VERMISS MEINE MAMA"-SCHEISS.

DU **KANNTEST** SIE KAUM.

E... ES IS' NUR ... DIE **TREFFEN** ...

I... ICH MEIN ... ES LIEGT NICH' AN **DIR**, GROSSMUTTER TIBBS. UND ICH WOLLTE NICHT **DICH** VERÄRGERN ... EHRLICH ... ABER ...

ÄH ...

... ABER DU FINDEST DIE TREFFEN HIRNERWEICHEND LANGWEILIG, SIEHST KEINEN SINN DARIN UND WÜRDST LIEBER IM „HÜGEL" 'NE RUNDE PINS MIT DEN CLURICAUN-KIDS SPIELEN.

N... NUN ...

ICH HAB MEINE **SPROGTAGE** NICH' VOLLKOM-MEN VERGESSEN, JUNGCHEN.

ABER TROTZDEM ... ‡HUMMPF‡ OB LANGWEILIG ODER NICHT ...

ALL DAS HAT **BEDEUTUNG**.

DIESE ... **STADT**, JUNGS. UNS FEEN WAR WAS **ANDERES** BESTIMMT.

SIE FRISST DICH ... SCHNELLER ALS JEDER **FUCHS**. WAS **AUSFRESSEN** MACHT DICH „BESONDERS" ... **AUFGEBEN** ZU 'NEM NIEMAND.

OHNE STAMM ...

OHNE KULTUR ...

ICH WERD EUCH KEIN' VORTRAG ÜBER DIE **GEFAHREN** DER **VERFÜHRUNG** HALTEN ...

ABER GLAUBT EURER GROSSMUTTER ... DIE **ALTEN WEGE** SIND DA, UM EUCH ZU **BESCHÜTZEN**.

UND JETZT HAUT AB. EUER PA MÜSSTE VOM MÜLLSAMMELN ZURÜCK SEIN UND SEIN NEUES HEIM IS' ZU GROSS FÜR EIN' ALLEIN.

VERGESST NICH', EURE ZAUBER ZU SINGEN. DIE SIND **WICHTIG**!

VON WEGEN „WICHTIG" ...

HHHH. AM ARSCH!

ICH, ÄH, DACHTE ... WIR KÖNNTEN ES ALLE *ZUSAMMEN* FEIERN ...

WIE 'NE *FAMILIE*.

... ICH VERSUCH'S MAL, DAD.

DANKE, TAEL.

FANG LANGSAM AN. STELL DIR EINE *FORM* VOR ...

OKAY? UND JETZT ...

... *TANZ.*

DAS IS' ...

ÄH ... ZIEMLICH *BEEINDRUCKEND*.

SIEHST DU, FIG?

WENN'S FESTIVAL KOMMT, HAT DEIN BRUDER SCHON MAL SEIN' TALISMAN. DAS WIRD DIE *MÄDELS* BEEINDRUCKEN!

ALLE ERZÄHLN MIR, DU SEIST *IRRE SCHNELL*. KOMM, ZEIG'S MIR.

...

QUATSCH.

ES IST QUATSCH UND HAT IHN *SCHWUL* AUSSEHN LASSEN.

DU ...

... SOLLTEST SO NICHT ÜBER DEINEN BRUDER REDEN, HÖRST DU?

QUATSCH!

SIEH MICH AN, WENN ICH MIT DIR REDE!

MUSS ICH DIR ETWA NOCH *ANSTAND* BEIBRINGEN ...?

QUATSCH! SCHWULER QUATSCH! TANZQUATSCH!

GLAUBST DU ETWA, MIR MACHT DER GANZE „MUTTER"-SCHEISS SPASS?

GLAUBST DU, ES GEFÄLLT MIR, MIT EUCH ALL...

ICH GEH ... UND WENN EURE TANTE SAL VORBEIKOMMT ...

JA, SCHON KLAR ...

„... DANN HAST DU SPÄTSCHICHT."

SAL.

DIE DEALERIN.

WO IST SIE?

HOT RATS BAR

DIE KLEINE SLITCH IN DER BURKA. HAT IM LETZTEN DIGIT VIER GEMERGELTE MIT NACHSCHUB VERSORGT.

WÜRD MEIN' SCHWANZ VERWETTEN, DASS SIE IHR GREIN DABEIHAT.

AU.

HA'M SIE DICH **ERWISCHT**, NEUER?

WAS? N... NEIN. ICH ...

KEINE AHNUNG.

ES IST NICHTS.

W... WAS IS' MIT ESSAD?

TOT.

WAR JA KLAR, DASS ES IHN MAL ERWISCHEN WÜRD.

ABER ICH HAB'S DEN WICHSERN **HEIMGEZAHLT!**

SIE **WISSEN**'S NUR NOCH NICH'.

AH, STOTE! HAB'S SCHON GEHÖRT: ERST 'N NEUES *HEIM*, JETZT *DAS!* DU GEHST DEIN' WEG, JUNGE.

WURD ZEIT, DASS DIE ÄLTESTEN DICH ENDLICH ZUM ...

WEGFINDER HABEN DIE PFLICHT, SICH UM DAS *ZAHNFEST* ZU KÜMMERN. ICH WILL MICH JA NICHT *EINMISCHEN*, ABER ...

ICH HAB DA EIN PAAR *IDEEN.* SOLLTEST DU ...

... DEINE *BULLEN-*SCHWESTER SEHN, DANN SAG IHR, ICH WILL SIE SPRECHEN, OKAY?

DIE NEUE KOBO-FAMILIE NEBENAN. ICH TRAU DEN ARSCHFICKERN NICH. DIE SIND ...

... *KOMISCH* WIE DER MUFFIGE GERUCH, DER AUS *BOGTOWN* HOCHSTEIGT. *EKEL-HAFT* IST DAS!

HATT GEHOFFT, DU WÜRDEST DEINE *MUTTER* BITTEN ...

... DIE *ANDEREN ÄLTESTEN* HABEN ES AUCH BEMERKT. STÖRENFRIEDE SIND SIE, TASCHENDIEBE!

ICH STELL GERADE DIE WILDWANDERUNG FÜR DIESEN MONDZYKLUS ZUSAMMEN. ICH DENKE, DEINE ...

... *JUNGS?* SOLLTEN SIE MAL ARBEIT BRAUCHEN, SCHICK SIE *ZU MIR.*

BESSER, SIE MACHEN SICH *HIER OBEN* NÜTZLICH, ALS DASS SIE *UNTEN* MIT DEN *NICHT-ELFEN* ABHÄNGEN, HAB ICH RECHT?

34

ARRH!

MUSST DU IMMER ALLES *DRAMATI-SIEREN?*

DAD *IST* NICHT SO. ER WIRD ...

UND MUSST *DU* IMMER SO *EINFÄLTIG* SEIN?

MIT *EINER* SACHE HAT GROSSMUTTER TIBBS RECHT, TAEL: DU WIRST HIER UNTEN *GEFRESSEN.*

NUR SIND ES IHRE *SCHEISS-TRADITIONEN,* DIE DAS *KAUEN* ÜBERNEHM'!

NICH' STEHNBLEIBEN! WIR SIND ÜBER 'NER *SENKE!*

AAAAH...!

MIST!

WAS ...

... ZUM HENKER ...

... SOLL DENN *DER* SCHEISS?

≾PUUUUUUUHH≿

ALLES *KLAR*, FIG?

ICH BIBBER NOCH.

MANN! DAS WAR ...

HM. *WAS*, MEINST DU, *WAR* SIE? WAR DAS'N PIKTSIE-MÄDCHEN?

GENAU DAS, GLAUB' ICH. ≾UFFA≿

ALLES *KLAR*, FIG?

LITH.

MUSS PISSN.

41

GUT. **GUUT!**

HA'M DIR **VIEL** GELIEHN FÜR 'N NEUES HAUS, WA'? WIRD DOCH WOHL NOCH WAS **ÜBRIG** SEIN, UM DER GATTIN 'N **SCHÖNES KLEID** ZU KAUFEN ...

DER **HAT** KEINE FRAU, MISTER USHKLE.

STIMMT JA! WIE SCHADE. DIE ARMEN JUNGS ... WIE HEISSEN SIE NOCH?

GANZ OHNE **MUTTER.**

SCHRECKLICH. WENN SIE ALS **WAISEN** AUF DER STRASSE LANDEN WÜRDEN.

WOMÖGLICH GREIFT SIE SICH EIN DRECKIGER **BOGGART**? MIT 'NEM **SCHWANZ** WIE DIE NASE MEINES VETTERS? JEDEN SCHLAF **FREMDGEFICKT?**

THADIO?

HEY, ICH KANN **DEIN'** SCHWANZ SEHEN, STOTEY ... UND DIE ...

... **ERD-NUSS**-EIER! HIEHIEHIEH!

ZAHL BALD ... WENN DU SIE BEHALTEN WILLST.

ODER **FIG** UND **TAEL**, DEINE JUNGS ...

... DIE BULLEN-SCHWESTER ... GROSSMUTTER TIBBS' **GANZE** FAMILIE.

WÄR SCHADE DRUM!

HAB DICH *MARKIERT*, KUMPEL ... FALLS DU DICH WUNDERST ...

MIT 'NER *PAPIERKUGEL* IN DEIN' HAAREN.

DIE ELFEN HA'M IHRE *TÄNZCHEN*, DIE PIKTSIES IHRE VERFICKTEN *BLUMEN* UND IHR KOBOS HABT EUREN DRECKIGEN *REICHTUM* ...

... ABER WIR CHAUNS, DIE *KÖNIGE UNTERM BERG* ... UNSER GLIMMER SIND *GESCHICHTEN*.

BIST *MEINER* INNE QUERE GEKOMM'.

VONNER SEITE AUS MEI'M *NOTIZBUCH* ... MEINER *PERSÖNLICHEN SAGA*.

ECHT BÖSE MAGIE, DAS.

AAAAAAAH

WAS HIELTEST DU VON 'NEM TATTOO?

NICHTS. UND *DAD* AUCH NICHT.

IS' WOHL SO. UND DU STIMMST MIR ZU, DASS ER EIN SCHLÄ...

BIND'S ENDLICH FEST, FIG!

SO. ZUFRIEDEN?

HA'M UNSERN SOZIALEN DIENST ERLEDIGT.

WEG HIER.

WART NOCH.

WIR SOLLN ES AUCH *EINSEGNEN*.

MACHST DU *WITZE*?

NEIN. DAS IST 'N TRADITIONELLER GLIMMER ...

ER IST *WICHTIG*.

VON WEGEN, TAEL. ER IS' *RATTEN-SCHEISS*.

IS' DOCH NUR 'N *KLEINER* TANZ. UND DU MUSST NICH' MAL MITMACHEN, NUR *SKANDIEREN*.

47

...

NA
GUT.

HM.

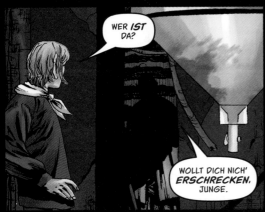

WER *IST*
DA?

WOLLT DICH NICH'
ERSCHRECKEN,
JUNGE.

BIN NUR
DURSTIG.

DU **BIST** BESSER ALS ER ...

... IN **JEDER** HINSICHT.

GEWÖHN DICH AN DEN GEDANKEN.

DU WEISST, DASS ICH MICH UM DIE WILDWANDERUNG KÜMMER, JA?

ICH WILL DICH DABEI-HABEN. WÜRD DEI'M **SELBST-VERTRAUEN** GUT TUN.

ICH WEISS NICH', OB DAD DIE **AUSRÜSTUNG** BEZAHLEN KANN ...

DER ÄLTESTENRAT HAT GENUG DAVON. **LEIH** DIR EINE.

DENK DRÜBER NACH.

UND DANKE FÜR DAS **WASSER**.

DIE GEMEINSCHAFT IST DIR WAS **SCHULDIG**.

52

WISST IHR DOCH: DAS *ÜBLICHE*.

COOOOL.

ALLES *GUT,* MA!

SORG DICH MA' LIEBER UM UNSERE *MESSER-STECHERIN* HIER, MUM.

PFFFFFTT.

PAH! WARUM? DIE IS' SO *DICKKÖPFIG* WIE IHR VATER WAR ...

ICH WIDME MICH DANN MAL DEM WAKE-END-GLIMMER. DIE JUNGS SOLLN SICH UM DEN ABWASCH KÜMMERN.

„MESSERSTECHE-RIN"! GUT GEGEBEN, BRUDER.

LEBENSLANGE ERFAHRUNG.

WIE GEHT'S DIR *WIRKLICH?*

FANG *DU* NICH' *AUCH* NOCH AN! MIR *GEHT'S GUT,* SOLANG NIEMAND *FRAGT!*

DER *JAHRESTAG* STEHT KURZ BEVOR! UND *ICH* WEISS, DASS *DU* ES WEISST! *SECHZEHN HALBZYKLEN* ALS ALLEIN ERZIEHENDER VATER ... UND DU WILLST NICH' *REDEN?*

... ICH SEH *JEDEN WAKE* DEN HIMMEL, SAL. ICH *MAG'S,* DA OBEN ZU ARBEITEN.

WANN HAST *DU* DAS LETZTE MAL DIE SONNE GESEHN, EH?

ALLES GUT.

WIRK-LICH.

HMPF.

DU BIST ALSO AUCH HIER.

ÖH...

RE... REDEST DU MIT *MIR*?

AH ... 'TSCHULDIGUNG! 'NE VERWECHSLUNG. HERR ... *TINDER*, ODER?

DAS STIMMT. UND DU BIST DIE *ÄLTESTE*.

WAS BRINGT *DICH* VON MOUNDTOP HIER RUNTER?

DER WAKE-END-GLIMMER.

HA! GENAU SO SIEHT'S AUS!

KANN 'N *JUNGSPUND* MAL DRAN ZIEHEN?

KOMMT DRAUF AN ...

... OB DER „JUNGSPUND" AUCH *WAS ANDERES ALS TABAK* RAUCHEN MAG?

MEIN. *TUCH.*

WO IST MEIN *SCHULTER-TUCH?*

HMM.

ACHTUNG, FIG! DER *TEL...*

ZUM *WIEVIELTEN MAL*, FIG ...?

LERN MAL *AUFZU-PASSEN!*

WEISST DU, WAS ICH HIERFÜR *ZAHLEN* MUSS? FÜR 'N *GUTES HEIM* FÜR 'NE *GUTE FAMILIE?*

UND DU WILLST DAS ALLES WIEDER *ZUNICHTE* MACHEN?

ICH *MOCHTE* DIE ALTE WOHNUNG.

ICH, ÄH ... MUSS ...

DU *WAGST* ES? DU UNDANK-BARER KLEINER SCHEISSER *WAGST* ES ...?

PUH.

NA JA.

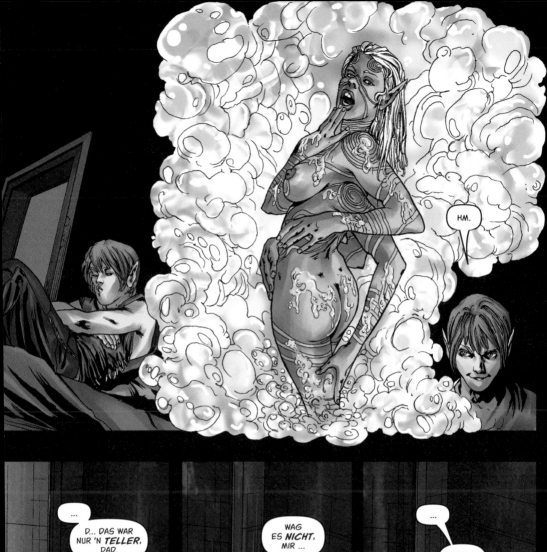

HM.

...
D... DAS WAR
NUR 'N TELLER,
DAD.

WAG
ES NICHT,
MIR ...

...

...
TAEL.
KÖNNTEST
DU ...

ER MUSS
NICH' DA DRIN
EINGESPERRT
SEIN.

... GEHEN
UND IHN
HOLEN?

GUTEN NEWWAKE, DIE HERREN. UND **SCHÖN**.

SEID ABER FRÜH UNTERWEGS. JA, SEID IHR.

WOLLT WEM **GEDENKEN**, WA'? 'N VATER UND SEINE SÖHNE.

DANN IS' WOHL DIE **ARME MA** TOT?

HABT IHR 'N **KLINGEL** FÜR UNS?

SCHRECKLICH **HUNGRIG** SIND WIR.

EURE **MAMI** HÄTT GEWOLLT, DASS IHR GEBT.

VERMINTOWN GARDENS OF Remembrance

HALT DIE ...

... KLAP-PE.

... UND WENN ICH ZURÜCK BIN, IS' DAS HAUS *BLITZSAUBER*, KLAR? ABER VORHER HOLT IHR VON DEN *TRIPS* WAS ZU ESSEN.

FALLS NOCH ZEIT IS' ... DER ALTE *BRIARCUT* BRAUCHT HILFE MIT SEI'M DACH.

ICH KOMM HEUT WIEDER SPÄTER ... HAB 'NE *DOPPEL-SCHICHT*.

HABT IHR 'N *KLINGEL* FÜR UNS?

UND FIG: *KEIN GEJAMMER UND KEINE EXTRA-TOUREN!*

WENN ICH *WAS HÖRE*, GEHST DU SO FIX AUF DIE *WILDWANDERUNG*, DASS DU DENKST, DIR SEI'N *FLÜGEL* GEWACHSEN, KLAR?

HABT TROTZDEM 'NEN SCHÖNEN WAKE.

HABT IHR 'N *KLINGEL* FÜR UNS? *BITTE!*

PHH.

SCHEISS *LÜGNER*.

WAS ...?

GIB UNS 'N *KLINGEL*, LÜGNER.

WIE NENNST DU MICH?

HARHARHAH! HAT *SCHISS* VOR BOGS, DER HERR ... WIE *JEDER*.

HAST GESCHLOT-TERT, SOBALD DU MICH *GESEHN* HAST. HAST DU. DARAUS ZIEHN WIR BOG-GARTS UNSRE *MACHT*. SCHON IMMER.

UND ICH SAG, DU BIST 'N *LÜGNER*.

ARMES TOTES *WEIB*.

MIT IHRM NAM' AUF'M *MAHNMAL*.

WO IS' SIE *WIRKLICH*, HERR?

D... DU S... SOLLST ...

GIB UNS 'N *KLINGEL*, WA'?

VERPISS DICH.

PAH. KNAUSERIGER *ELF*, DAS.

SCHLIMM WIE 'N *BULLE*.

SERGEANT LEVERET? ICH DACHTE, DU HÄTTEST DIESEN WAKE AUSZEIT?

HAB ICH AUCH. ICH MUSS ABER DEN CHIEF SEHN.

GEH NUR REIN.

CMNDR SCATTLE

... DANN BILDEN WIR 'NE POSTENKETTE UM DIE ECKEN, GEHEN ZEITGLEICH VOR UND ...

ÄH ...

KROME?

DICH HAT 'N STACHEL ERWISCHT, DU ALTER WURMGRAPSCHER! WAS TUST DU HIER?

DU WEISST DOCH, WIE'S BEI UNS GOBS LÄUFT, SAL. IS' ALLES STATUS-MAGIE. HAB DIE NÖTIGE KOHLE AUFGETRIEBEN UND MIR 'N KÖRPERFIX GEGÖNNT.

HA! SIEHT AUS WIE BOGGART-HÄMORRHOIDEN! VERDECK DAS BLOSS, BIS ES FERTIG IS'!

HMM. APROPOS "FERTIG" ...

WIR SIND DURCH, ODER? SERGEANT KROME?

SCHLIESS BITTE DIE TÜR HINTER DIR.

...

SORRY, CHIEF. BIN ICH IN WAS *WICHTIGES* GEPLATZT?

NUR DAS ÜBLICHE, SAL.

GREIN, WIE IMMER.

DAS BLEIBT UNTER UNS ... WIR GLAUBEN ZU WISSEN, WO DIE QUELLE IST.

DIE OBEREN HA'M *SPIELZEUGE* GESCHICKT ... ZUM *AUFRÄUM'*.

ICH *LIEBE* SPIELZEUGE ...

HMPF.

ÄH, ICH *ERINNER* MICH.

IS' 'N **HÜBSCHER**, FINDET IHR NICH'?

UND ES HEISST, ELFEN SIND **FIX** ... WIE 'N **SCHLITZER**.

KÖNN' WIR IHN **BEHALTEN**, CLATT? BITTE!

SUHLIE WIRD'N **ANFALL** KRIEGEN! UND ÜBERHAUPT: WAS **SOLLN** WIR MIT IHM?

'TSCHULDIGUNG, MISTER.

PASS BESSER AUF DEIN' **KLINGEL** AUF.

...

D... DAS IS' ...

HAH!

SUHLIE IS' NICH' SO LEICHT ZU BEEINDRUCKEN ...

HALT DIE AUGEN AUF, DÜNNER ...

TU ICH.

UND SOLANG MEINE AUGEN **DICH** SEHN KÖNN', **BLEIBEN** SIE AUF.

70

HMMMMMMMM ...

DAS IS' *GUUUUUUT* ...

GUTE ARBEIT.

FEINES DACH.

IS' DAS *NEU*?

GUTE ARBEIT.

HAT MIR *MEIN SOHN* BESORGT.

HA! HMMMMMONETEN. *GELD.* GLAUB, ER HAT *VIEL* DAVON.

TRAURIG.

DIE ARMEN JUNGS ... OHNE MUTTER. SIND MUTWILLIG.

UND SAL ... PASST NIRGENDWO DAZU.

UND *STOTE* ... DER ARME ...

UND ...

UND ...

...

FEINES DACH.

LASS UNS WEITER- MACHEN ...

SAUG MAL WIEDER AN WAS ANNERM!

KANNST TANZEN,
SO VIEL DU WILLST,
DU KLEINES
ARSCHLOCH ...

DAS WIRD
DIR NICH'
H...

WUFF

TOT.

IM DREIUND-FÜNFZIGSTEN DIGIT DER NEUNTEN GROSSZEIT, AN MEI'M ACHTTAUSENDVIER-UNDVIERZIGSTEN WAKE ...

... KAM 'N **ARSCH** IN MEINE SAGA, ALS ER VERSUCHTE, MIR VOR UNSERM KOBEN 'N GLIMMER ZU VERPASSEN.

DA IS' ES WOHL **GERECHT**, NUN, IM TAUSCH FÜR EIN ECHT **FIESES ENDE** DER FEENFOTZE, EINE SEITE MEINES EIGNEN **LEBENSBUCHS** HERZUGEBEN.

VIELLEICHT BRING ICH SEIN HERZ IN IHM ZUM **KOCHEN.**

VIELLEICHT MACH ICH IHM AUGEN UND LIPPEN AUS **LEHM.**

NICHT.

VIELLEICHT LÖSCH ICH **DIE ERINNERUNG** AN IHN AUS ...

STOPP!

BITTE ...

SUHLIE!

HIER ... WAS **DER** ALLES GAUKELN KANN ...

HAST DU DEN STOFF, SUHLIE? GAB'S 'NEN **DEAL?**

WAS ZUM ... IS' 'N **HIER** LOS?

DU KENNST DAS DOCH: STATUS, WOHLSTAND ...

... UND AUS 'NEM *GOB* OHNE GELD WIRD 'N *STOLZER HOB*.

DU BIST ... HM, NICH' MEHR SO *SPITZ*.

HA!

WENN *DU* BEI MIR BIST, BIN ICH DER *REICHSTE GRÜNE* DER STADT.

KOOOOOTZ.

SIEH ZU, DASS DU DIE *BESITZANSPRUCHSDENKE* AUS DEM SCHÄDEL KRIEGST ... *SIR*.

DENN DEINE *FRAU* WIRD BEMERKEN, WENN DU MIT 'NEM *AUSGERENKTEN UNTERKIEFER* NACH-HAUS KOMMST.

ZURÜCK AN DIE ARBEIT.

ABER ...

KEIN „ABER"! WAS HAST DU VORHIN MIT KROME BESPROCHEN? DU *KENNST* DIE GREIN-QUELLE?

...

HM. DIE *BOGS*, SAL.

DIE SCHEISS *BOGGARTS* MACHEN ES ...

"... WAS MICH NICHT ÜBERRASCHT. BOGSIDE WAR SCHON IMMER 'N **GESCHWÜR**."

"SIE LEBEN IN DUNKELHEIT UND RAUCH ... UND ZAHLEN KEINE STEUERN."

"IHR GLIMMER SPEIST SICH AUS **ANGST**. WUSSTEST DU DAS? ES HEISST, SIE **ESSEN IHRE TOTEN** ..."

ICH BIN KEIN ... **BIGOTTER VÖLKISCHER**, SAL. KEIN ANDERER ARBEITGEBER IST SO **DIVERS** WIE DIE MILIZ.

ABER DIE BOGGARTS ... DIE SIND NICHT **WIE WIR**. SIE **DENKEN** NICHT WIE WIR ... TRAGEN NICHTS BEI.

SIE SIND NICHT FÄHIG ZU **LIEBEN**.

NICHT SO WIE **WIR** ...

SIR!

SIR! DER **DEALER** ...!

S... SORRY, SIR! ER WAR **ZU SCHNELL** ...

ALLES GUT, ZETHKA. DANKE.

SAL? DACHTE, DU HÄTTST DIESEN WAKE AUSZEIT?

ÄH ...

WAS **GIBT'S** DENN, NEUER?

DER **DEALER**, SIR! DER, DER MIR **DAS** ANGETAN HAT! ICH KENN JETZT SEINEN **UNTER-SCHLUPF**!

U... UND WAS VIELLEICHT NOCH **BESSER** IS': ICH KENN SEINE **QUELLE**!

ICH WEISS, WO DAS **GREIN** HERKOMMT!

N... NUN ... ÄH. *ERSTENS* ...

ICH *SCHULDE* DIR WAS.

KLAR. HAST ABER NICHTS, WAS ICH BRAUCH ...

DOCH, SUHL. ER HAT ...

KLAPPE! SONST BISTE REIF FÜR DAS BUCH UND ...

VERFICKT! WO IS' DAS VERDAMMTE TEIL ...?

NA JA. DAS IS' ...

DAS IS' *ZWEITENS!*

TAUSCHEN WIR?

DIE *FIXESTEN* HÄNDE, DIE ICH JE GESEHN HAB ...

ICH MEIN ... ES IST SCHON EIN **WUNDER**, WENN MAN DRAN DENKT.

VOR VIERHUNDERT HALBZYKLEN HABEN DIE GOBVÄTER DIE **HALTESTELLE DER GROSSEN** GEFUNDEN.

EINE VON HUNDERT, STOTEY ... ABER **HALB FERTIG** UND **VERLASSEN**.

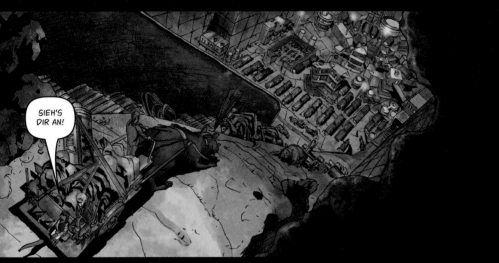

SIEH'S DIR AN!

„WARDOUR STREET" ... SOLLTE MIT ANDEREN STATIONEN VERBUNDEN SEIN. WUSSTEST DU DAS?

„GREEN PARK", „COVENT GARDEN", „ST. PAUL'S" ... DIR UNBEKANNTE ORTE. ABER WIR KOBOS KENNEN SIE.

WIR WARN SCHON **IMMER** STÄDTER.

ANDERS ALS IHR **ANDEREN** ... **VERTRIEBENEN**, DIE IHR HIER EINSICKERT ...

„UNSRE **FELDER** SIND WEG", SAGT IHR. „MEINE **LICHTUNG** ... ABGEHOLZT!"

DANN SUCHT IHR EUCH 'NEN JOB, VERARSCHT UNS ... UND **PROFITIERT** VON DER LEISTUNG **MEINER** VORFAHREN.

ICH SAG DIR, STOTE ... NIEMAND WEISS NOCH, **WIE** DIE GOBVÄTER ES GEMACHT HA'M ...

... WIE SIE DIE GROSSEN **DIESEN ORT** HA'M VERGESSEN LASSEN.

WAR DER GRÖSSTE **GLIMMER**, DEN'S JE GEGEBEN HAT. UND NUN?

NUN TEILEN WIR **ALLES** MIT INZÜCHTIGEM **LANDVOLK**, DAS SEINE ARBEITGEBER NICHT RESPEKTIERT.

NICHTS FÜR UNGUT.

... HAB MEIN' **VETTER** GETROFFEN ... DEN **GROSSEN** MISTER USHKLE.

ER SAGT, DU HABEST MICH **BELEIDIGT**.

SAGT, DU **SCHULDEST IHM GELD**, STOTE ... UND ZWAR **SOFORT**. WENN DU NICHT ZAHLST, SOLL ICH DIR **ÄRGER** MACHEN.

DEINE KOLLE-GEN KÖNNTEN AUF 'NEN **SCHLITZER** TREFFEN ...

DEINE WARE KÖNNT **VERSCHIMMELT** SEIN ...

...

DU KÖNNTEST AUF HALBEM WEG VON DEINER **RATTE** FALLEN ... MITTEN AUF DEM **HOCHWEG**.

ABER ICH SAG IHM: „NEIN! NICHT STOTE! DER IST RESPEKTVOLL! DER **WEISS**, WAS ER UNS KOBOLDEN SCHULDET!"

EIN **VERMÖGEN**, STOTE! DAFÜR, DASS DEINE JUNGS IN **SICHERHEIT** AUF-WACHSEN KÖNN'.

DANN ER ...

WIE VIEL?

DAS **DOPPELTE**. ER WILL DAS DOPPELTE.

IN NUR ZWEI WAKES.

87

DAS IS' FALSCH.

KOMMANDEUR SCATTLE, BITTE. ICH SAG DOCH, DER DEALER KRIEGT SEINEN STOFF NICH' VON HIER ...

WAS IMMER DU GESEHN HABEN WILLST, NEUER ... WIR HANDELN FAKTENBASIERT, NICH' AUFGRUND VON GERÜCHTEN.

UNSRE INFORMANTEN SAGEN „BOGTOWN".

WARUM SIND DIE SO FRÜH SCHON WACH?

IHRE UHREN GEHN ANDERS.

SECHS WAKES PRO SONNENZYKLUS, NICHT ACHT. WER WEISS, WIE SPÄT ES BEI IHN' IS'.

WEIL ER NICH' REGISTRIERT IS'. WIR DÜRFEN IHN HOCHNEHM'.

UND AUSSERDEM SIND WIR HIER AM RAND DES SLUMS. DAS ERLAUBT UNS, UNSER NEUES EQUIPMENT ZU TESTEN, SAL ...

SOLANG WIR NICH' WISSEN, WIE'S FUNKTIONIERT, DRINGEN WIR NICH' ...

... ZU TIEF EIN, KLAR?

KROME?

UND WARUM HIER? IN 'NEM PUFF?

... HAB GRAD DEN *FURZ* MEINES LEBENS GELASSEN!

HALT!

AUF-HÖRN!

IGITT! WER WILL DENN *SOWAS* FICKEN?

ÜBER GESCHMACK LÄSST SICH STREITEN.

HAST *DU* DAS KOMMANDO?

DU KANNST HIER NICH' *EIN-DRINGEN!*

DER PUFF IS' MEIN *GESCHÄFT*, GRÜNE FOTZE! ER IS' MEIN *LEBEN!*

KOMM RUNTER, SCHWESTER! SO REDET MAN NICH' MIT ...

SIR?

EIN „LEPRECHAUN"?

IHR WOLLTET 'NEM FREMDEN 'N GLIMMER VERPASSEN?

IHR WISST DOCH, DASS IHR EUCH NICH' MIT DEN ANDEREN STÄMMEN EINLASSEN SOLLT! SCHON GAR NICH' IN EUREM ALTER!

UNSERE TRADITIONEN SIND ÄLTER ALS IHRE! WIR SIND WAS BESSRES! WIR HA'M UNSRE VERFICKTE WÜRDE!

TAEL ... VON DEI'M BRUDER HAB ICH NIX ANDRES ERWARTET, ABER VON DIR?

UND WARUM HABT IHR EUCH MIT 'NEM CHAUN ANGELEGT?

...

N... NUN, ICH ...

KLAPPE.

FIG WOLLTE ZU 'NER STRASSEN-GANG. ICH BIN IHM NACH.

FUCK!

...

...

WENN DAS EURE MUTTER NOCH ERLEBT HÄTTE ...

HAT SIE ABER NICH'! HAT SICH VON 'NEM WIESEL FRESSEN LASSEN, DAD, UND ...

... ICH WETTE, FÜR SIE WAR'S 'NE BEFREIUNG ...

95

... ENDLICH VON *DIR* WEGZU-KOMM'!

IHR WERDET AN DER *WILDWANDERUNG* TEILNEHM'. *BEIDE!*

UND ALS *WÜRDEVOLLE ELFEN* ZURÜCKKEHREN ...

WENN NICH', SUCHT IHR EUCH *'NE NEUE FAMILIE*, KLAR?

I... ICH BIN NUR *MÜDE*, MA. ZU WENIG *SCHLAF*.

HAB *GELD*SORGEN. UND DANN ...

GEHT ES UM *SIE*?

PFFF. DU WILLST *MICH* VERALBERN?

M... *MA*, BITTE!

IS' BALD GENAU ZWEI *VOLLZYKLEN* HER, DASS SIE WEG IS', STOTE.

IS' DOCH KLAR, DASS DU *AUFGEWÜHLT* BIST.

NEIN, MA, DAS IS' ES NICH'. ES *IS'* DAS GELD. WIRKLICH.

U... UND DIE *JUNGS*.

HHH.

ICH *WILL* SIE JA ERZIEHN.

DIE GLIMMERWEGE ... DIE ALTEN RITEN. *KULTUR!* ALLES, WAS DAS *ELFEN-SEIN* AUSMACHT.

ABER ... *FIG* IST ... ER IS' SO ...

GENAU WIE SEINE MUTTER.

98

I...
ICH ...

ICH *HASS* ES, SIE ZU VERMISSEN.

SIE WAR 'NE SELBSTSÜCHTIGE *SCHLAMPE*.

DAS *GENÜGT*, MA.

SIE HAT IHRE SÖHNE UND IHREN MANN SITZENLASSEN! AUS *STOLZ*! UND EINES TAGES SUCHST DU DEINE *EIER* ZUSAMM' UND *SAGST* ES IHNEN!

SIE HAT DICH *DURCH-GEFICKT*, JUNGE.

DARAN ÄNDERT DAS GANZE GEREDE ÜBER „*WIESEL*" UND „*HELDENTODE*" NICHTS, KLAR?

ES *REICHT*, MUTTER!

DU MEINST, DIE JUNGS BRAUCHEN „*KULTUR*"? DAS IS' *QUATSCH*!

SIE BRAUCHEN EINEN *DAD*, DER SIE NICH' WEGEN IHRER *HURENMUTTER* HASST, AN DIE *SIE* SICH *KAUM* ERINNERN KÖNN'.

I... IST ER ENDLICH WEG?

STOTEY! WIE GEHT'S MIT DEM *ZAHNFEST* VOR...?

OH, HALLO, *WEGFINDER.* KÖNNTEST DU ...?

STOTE? ICH WAR AM ...?

HAUT AB!

HAUT AB!

HAUT AB!

EUER VATER LIEBT EUCH. SEHR.

WIE WIR *ALLE*.

MANCHMAL ... NUN, MANCHMAL KÖNN' LEUTE IHRE GEFÜHLE NICH' GUT *ZEIGEN* ... UND *ER* NOCH WENIGER ALS ANDERE ...

KEIN WORT! HÖRT MIR ZU ...

ABER WIR SIND TROTZDEM 'NE FAMILIE.

UND IHR SOLLTET AUF IHN HÖRN UND IHM *HELFEN*, OKAY? DENN ER TUT ALLES *NUR FÜR EUCH*.

LASST UNS NICH' SO TUN, ALS WÜRD ER'S NICH' MANCHMAL *VERSAUN*.

ABER ICH MUSS EUCH DAS *WICHTIGSTE* SAGEN, DAS IHR JE ZU HÖREN KRIEGEN WERDET. EINE LEKTION, DIE *ER* EUCH NICH' LEHREN KANN.

DANACH IS' DANN ALLES WIEDER IN ORDNUNG.

WAS IMMER IHR TUT, TUT ES *MIT LEIDEN- SCHAFT*.

KOMMT.

DRÜCKT EURE GROSS- MUTTER.

SIE IST ALT UND *MAG* DAS.

W... WARTE ...

HAHH.

HAHH.

GNNN!

„... IS' FOREWAKE NICH' NACHHAUS GEKOMM'."
ISSER TOT?
KEINE AHNUNG. VIELLEICHT.
SICHERLICH.
KANNST VON GLÜCK REDEN, DASS ES NUR 'N UNWICHTIGER BOG WAR, STOTE.
WARUM BIST DU DANN HIER, SAL?
WARUM WOHL? WEIL'S NÄCHSTES MAL VIELLEICHT JEMAND IST, DER ZÄHLT.
ALSO:
GIBT ES WAS, WORÜBER WIR REDEN SOLLTEN?

DA IS' **DOCH** WAS! DU BIST **UNRUHIG** WIE 'N FLACKERNDES LICHTROHR.

HAB' MICH FÜR DICH VERBÜRGT ... **DIESMAL NOCH.** KOMMST MIT 'M BUSS-GELD DAVON.

ABER NÄCHSTES MAL ZÄHLT MEIN WORT **NICHTS** MEHR.

DA **IST** NICHTS!

EIN „BUSSGELD"? **NOCH** MEHR GELD?

HA.

ICH **KENN** DEN AUSDRUCK ...

SO HAST DU IMMER AUSGESEHN, BEVOR DAD **DIE SCHEISSE AUS DIR RAUSGEPRÜGELT HAT.** DAS IS' DEIN „ICH WERD JETZT NICH' FLENNEN"-AUSDRUCK.

UND DANN **HAST** DU GEFLENNT ... AM TAG, ALS ER **GE-STORBEN** IS'.

KEINE SCHWESTERLICHEN RATSCHLÄGE, FRAU POLIZISTIN.

DEINE **WAHRE** FAMILIE ... DIE IS' **DA OBEN!**

WIE **BILLIG** ...

WEISST DU, WAS AN ALL DEM **KOMISCH** IST, STOTE?

116

... HA.

DIE GROSSE TIBITHA LEVERET, ÄLTESTE DER ELFEN, WEISHEITSSPENDERIN, HÜTERIN DER ALTEN WEGE.

... UND EINE *SCHEISS* MUTTER!

GEH JETZT, SAL. BITTE.

ICH BIN DIE *LETZTE*, VON DER DU HILFE WILLST.

SERGEANT KROME?

W... WARUM SIND WIR IMMER NOCH HIER IN *BOGSIDE*? ICH DACHTE, DER *TEST* SEI GELAUFEN?

HHH.

ICH BIN HIER, WEIL MIR *BEFOHLEN* WURDE, HIER ZU SEIN.

UND *DU* BIST HIER, WEIL SAL SICH UM 'NEN *FAMILIENSCHEISS* KÜMMERN MUSS UND 'N *DÄMLICHER NEUER* 'NEN AUFPASSER BRAUCHT.

ABER ... DAS ERGIBT KEIN' *SINN*, SIR.

ICH HAB'S DOCH ALLEN GESAGT ... DAS GREIN *KOMMT* NICH' VON HIER.

ICH HAB'S SELBST GES...

TU DIR JETZT EINFACH MA' 'N GEFALLN.

LERN, 'N *WINK* ZU KAPIERN.

WAS IMMER DU GESEHN HAST ... *ES ZÄHLT NICH'.*

ABER ...

VERGISS ES, HÖRST DU? *ALLES DAVON!* ODER DU ...

AAAAAAH!

...

HIE! ES GEHT *LOS*!

JETZT *LERNST* DU WAS!

AAAH!

HAST MEHR MUT, ALS ICH DACHTE, STOTE LEVERET.

DIES HIER IS' 'NE *EHRENWERTE* NACHBARSCHAFT.

DU GLAUBST, HOBVILLE *SIEHT NICH'*, WENN EINER WIE DU HIER EINDRINGT?

'N DUTZEND *BOLZENSCHUSSGERÄTE AUF'M DACH* SIND GRAD AUF DEIN' *PROLLSCHÄDEL* GERICHTET. HIEHIEH! HIEHIEHIEH! ALSO ... ICH HOFF, DU HAST, WAS DU MIR *SCHULDEST* ...

... WONACH'S *NICH'* AUSSIEHT ...

... ODER DU BIST *TOT*.

ICH BRAUCH *NOCH MEHR GELD*, MISTER USHKLE. *SCHREIBEN* SIE'S WEITERHIN *AN*.

ICH WILL KEINEN ÄRGER MACHEN.

WITZIG.

JUNGS!

KÖNNTE ABER AUCH GUT DAMIT UMGEHN ...

... DU *GRÜNTITTIGE KOBO-FOTZE!*

N...
NICHTS
SEHN TU
ICH ...

D... DU ...

AAAAH!

WEISSTE, MISTER USHKLE ... ICH HATT FOREWAKE SOWAS WIE 'NE *AUSEINANDER-SETZUNG*.

ICH BIN NUR *IN EINEM* WIRKLICH GUT: IM *WEHTUN*.

DANACH HAB ICH *ÜBER MICH SELBST* NACHGEDACHT, MISTER USHKLE.

UND WEISSTE WAS?

„WIR SOLLTEN ÜBER KEINEN RICHTEN, DEM ES GRAD *SCHLECHT* GEHT."

DAS *KONSORTIUM*, HAB ICH RECHT?

ENTTÄUSCHEND, USHKLE.

DEIN HAUS SEI *GEEIGNET*, HAST DU GESAGT.

„*STÖRUNGSFREI*".

„*SICHER*".

ER IST *NICHTS*! EIN SCHULDNER!

BITTE! VERPASST IHM 'NEN *GLIMMER*! ER IS' *DRECK*!

KANNST DIR NICH' VORSTELLN, DASS ICH *IHRETWEGEN* HIER BIN?

WAS SOLL DAS HEISSEN, SCHULDNER? WAS *WILLST* DU VON UNS?

IS' DOCH *KLAR*, ODER?

ICH WILL 'N *DEAL*!

DIE LEUTE *SORGEN* SICH UM DICH, TIBITHA. AUCH DEINE *FAMILIE*.

DU SOLLTEST HIER NICHT ALLEIN WANDERN.

UND WAS WILLST *DU*, NORO?

ICH HAB MEINE *BEFÜRCHTUN-GEN*.

UNSRE *ZUKUNFT* BETREFFEND

TIBITHA?

HÖRST DU MICH?

I... ICH HÖR DICH, NORO. ICH BIN NICH' *SENIL*.

ICH ERFREU MICH BESTER GEISTIGER GESUNDHEIT.

129

HM.

DAS, ÄLTESTE ...

... IST WOHL EIN *TEIL* DES PROBLEMS.

DAS GANZE ... *„FORTSCHRITTS-DENKEN"*. ﹥HMMPF﹤

UNSCHICKLICH.

ICH FÜRCHTE, ES BRINGT DEN GEIST DER JUNGEN LEUTE IN *UNRUHE.*

LASS ES DOCH.

SCHEISSE. *LASS* ES!

„RUHE" IS' *STILLSTAND,* NORO! SIE IS' DER *TOD!*

WIR UND UNSRE ... *„ALTEN WEGE",* DIE BLÖDEN RITUALE.

SAURE *MILCH!* TAU AUF *SPINNWEBEN!* WARUM?

HAARE VER-KNOTEN LERNEN! WOZU? NIEMAND HINTERFRAGT'S ...

NUN ... AUSSER *MIR.*

ICH *HAB* DIE REGELN ERPROBT. UND WEISSTE WAS?

SIE SIND *SINNLOS!* SIE ... ERFÜLLEN UNS NUR MIT *SELBSTGEFÄLLIG-KEIT* UND *HASS.*

DU *WEISST* DAS, ODER?

NEIN.

HA.

IMMER FALLEN.

HA!
HAHAAH ...

HUCH.

ES IST
SOWEIT,
TIBITHA.

138

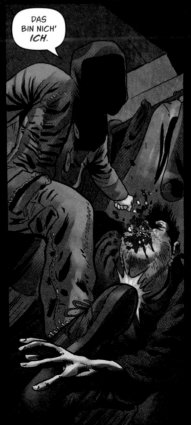

141

DER KÖRPER IST VERFLOGEN.

TIBITHA HAT SICH *AUSGESTAUBT*.

FIG SOLLTE JETZT HIER SEIN.

HM. *NUN JA*.

MACH DIR UM *IHN* NICHT ZU VIELE SORGEN, JUNGE.

ABER DEIN *VATER* ... ICH HAB EIN PAAR MÄDCHEN AUSGESCHICKT, UM IHN HERZUHOLEN.

WO *IST* ER?

EGAL. SPIELT KEINE ROLLE.

DU DARFST IN DEINER *TRAUER* NICHT *ALLEIN* SEIN.

DIE *AHNEN* SIND *IMMER* UM UNS ...

DAS IS' *WAHR*.

ICH DACHTE ABER EHER AN WAS *HANDFESTES*.

KOMM.

143

HMM.

W...?
WAS HAST
DU V...?

IS' ...

HÜBSCH.

DISENCHANTED

von Simon Spurrier

VERMINTOWN, EINE EINFÜHRUNG

Irgendwo im Herzen Sohos gammelt in einer stillen Seitenstraße Dirty Dick's Sex-Shop vor sich hin. Die verschmierten Scheiben sind schon lange mit Papier verklebt, auf verrußten Regalbrettern sammelt sich Staub. Ende der 1960er sollte das Gebäude abgerissen werden, um Platz zu schaffen für den Bau einer für die Londoner U-Bahn geplanten Soho-Zweigstrecke der Central Line. Doch die Strecke wurde nie gebaut, der Abriss fand nicht statt.

Der Zugang zur Haltestelle Wardour Street hätte genau dort liegen sollen, wo die Räumlichkeiten des ehemaligen Sex-Shops immer noch sind. Sie wäre prächtig geworden, mit ihren motorisierten Rolltreppen und allen Annehmlichkeiten des modernen Lebens. Ihr einfaches Zwei-Bahnsteige-Design hätte Fahrgäste aus dem geschwätzigen Notting Hill ebenso zufriedengestellt wie die gottesfürchtigen aus der Gegend um die St. Paul's Cathedral, welche die Ergötzlichkeiten des Hyde Parks, Sohos oder von Covent Garden hätten genießen wollen. Doch die Finanzierung gestaltete sich schwierig, die öffentliche Meinung wandte sich gegen das Projekt und die Pläne verschwanden in einer Schublade.

Allerdings war die neue Linie zu diesem Zeitpunkt längst fertiggestellt. Nur die oberirdischen Bauten fehlten noch. Die Menschen haben einfach vergessen, dass sie da ist. Und dafür gibt es einen Grund.

Denn die Haltestelle an der Wardour Street ist der Ort, an dem das Glimmervolk – Äonen alt, zweieinhalb Zentimeter groß – lebt und arbeitet, hofft und hasst, sich begattet, bekriegt und einzugliedern versucht... und sich vor der Welt versteckt, die sich nicht an es erinnert.

DIE SICHERHEIT RUFT

Für das Glimmervolk – die „kleinen Leute" des Mythos – ist das gewohnte Leben auf dem Land in den letzten Dekaden unerträglich geworden. In dem Maß, in dem die Technik der Menschen sich weiterentwickelt hat, ist ihr Lebensraum geschrumpft. Die Wälder und Wallhecken verschwinden. Schlimmer ist, dass das Glimmervolk aufgrund der Abkehr der Großen vom Aberglauben und ihrer Hinwendung zur Wissenschaft angefangen hat, seine Traditionen und Riten anzuzweifeln.

In dem Maß, in dem die Menschen es vergessen, vergisst das „kleine Volk" sich selbst.

Da reicht ein leises Gerücht – wie ein geflüstertes: „In der großen Stadt gibt's ein leichtes, gutes Leben!" – aus, um ganze Gemeinschaften dazu zu bringen, ihr Hab und Gut zusammenzupacken und fortzuziehen.

Zu Tausenden kommen sie nach

Vermintown, wo sie Sicherheit und Geborgenheit zu finden hoffen. Und Nahrung. Stattdessen werden sie zu gesichtslosen Kreaturen, zu Körpern in der Masse. Sie werden von neuen, ungewohnten Verführungen gepeinigt und fürchten sich vor allem Fremden.

DIE STADT ALS MÜLLHALDE

Vermintown ist eine sich ausbreitende Troglopolis aus zusammengesuchten Überbleibseln, vor allem Zivilisationsmüll der Großen. Die Häuser der Stadt waren einst Getränkedosen, Cornflakes-Schachteln, Styropor-Elemente, Pappbecher und Ähnliches. Sie verteilen sich über beide Bahnsteige der Station, von den tief liegenden Gleiskörpern bis zu den alles überblickenden Treppenaufgängen. Obwohl die Stadt insgesamt nicht sehr viel Raum einnimmt, überschreitet die Zahl ihrer in der Regel keine drei Zentimeter großen Einwohner inzwischen die Millionengrenze.

VERMINTOWN FÜR ANFÄNGER

Wer sich, von der Oberfläche kommend, erstmals nach Vermintown hinunterbegibt, trifft zuerst auf eine zentrale Vorhalle am Fuß der teilweise in sich zusammengestürzten Rolltreppen. Das ist der „Scheckbuch-Distrikt", hier befindet sich die Verwaltungszentrale, hier schlägt das wirtschaftliche Herz der Stadt. Es befinden sich dort auch die Zugänge zu zwei öffentlichen Toiletten der Großen, von denen die eine, „MenPark" genannt, als Zuchtstation für Pilzkulturen genutzt wird. In der anderen liegt der wohlhabendste und exklusivste Bezirk der ganzen Stadt: Hobville. Durch die Überreste des vorinstallierten Leitungssystems versorgen MenPark und Hobville ganz Vermintown mit Wasser. Da diese Gegend ausschließlich von wohlhabenden Kobolden bewohnt wird, ist das kostbare Nass natürlich nicht gerade günstig zu haben.

Das Wasser erreicht die unteren Stadtbezirke auf krummen Wegen. Die Rohrleitungen sind vorsichtig angebohrt worden. Mithilfe gestohlener Schläuche und zusammengesuchter Regenrinnen wird es in stetem Fluss gehalten. So gelangt es über die beiden Stiegen, die das Atrium über rechtwinklig abknickende Stufenfolgen mit den Bahnsteigen verbinden, hinunter. Auf den Treppen haben sich alle erdenklichen Arten von Läden, Kneipen und Restaurants sowie die Zentralen der Müllhandelshäuser und anderer, eher halbseidener Unternehmen angesiedelt. Hier, auf den Trips, liegt der Einzelhandels- und Versorgungsschwerpunkt der Stadt.

Wer dem Weg des Wassers weiterhin folgt, gelangt schließlich auf einen der beiden Bahnsteige. Deren

nördlich gelegener, der wohlhaben-
dere, heißt „Westunds", während der
ärmlichere im Süden „Viast" genannt
wird. Durch das hier herrschende Ge-
wirr aus Wohnbezirken wird das Wasser in ausrangierten, krummen und
verbogenen Rohren hindurchgeleitet,
bis es sich in Förder- und Verteilan-
lagen aus alten Eimern und anderen
Gefäßen ergießt, den sogenannten
Sumpf. Die an den äußersten Rän-
dern der Stadt an den Tunnelwänden
in die Höhe wachsenden Slums werden über von domestizierten Mäusen
gezogene Flüssigkeitsbehälter versorgt.

Ihr Licht erhalten die Bahnsteige
von gealterten Edelgas-Leuchtkästen
oben an der Haltestellendecke. Mehr-
mals in der Geschichte der Stadt ist es
vorgekommen, dass die darin befindlichen labilen Lichtspender ausgefallen
sind. Sie konnten nur durch außerge-
wöhnliche Leistungen heldenhafter
Ingenieure und Müll-Durchsucher in
historischen Anstrengungen ausge-
tauscht und wieder in Betrieb gesetzt
werden. Dieser, den Mondlandungen
der Großen in nichts nachstehenden
Gemeinschaftsleistungen, wird bis
heute gedacht.

Trotz ihres Wertes scheinen die
sogenannten Lichtrohre nicht nur
unerklärlich weit entfernt zu sein,
für die Angehörigen des kleinwüch-
sigen Glimmervolks sind sie tatsächlich unendlich entrückt – und dies
nicht nur, weil sie wegen in der Luft
hängender Staubwolken, wegen des
allgegenwärtigen Smogs oder wegen der Industriedämpfe oft kaum
zu sehen sind. Weite Teile der Stadt
dämmern in immerwährender Dunkelheit vor sich hin und in ihren stär-
ker bebauten Bezirken verlässt man
sich zusätzlich auf umfunktionierte
Weihnachtsbaum-Lichterketten, die
sich durch die Straßen schlängeln
und die, wie zufällig, hier und dort
buntes Licht spenden. Die Ketten werden, wie alle nur unvollständig ver-
standenen und oft genug tödlichen

technischen Lösungen, welche in der
Stadt entwickelt worden sind, von
The Hatch aus reguliert und über-
wacht. The Hatch ist ein kleiner elek-
trischer Schaltkasten im östlichsten
Verbindungsgang. Von hier aus teilen Ingenieure und Verwaltungsbü-
rokraten (alles Kobolde, natürlich)
Ersatzleuchtkörper zu und halten die
britzelnde Versorgung mit vom Londoner Stromnetz illegal abgezweigter
Energie aufrecht, für die von den Pri-
vilegierten, die allein sich den Strom
leisten können, horrende Gebühren
an die Steuerbehörde im „Scheckbuch-Distrikt" zu entrichten sind.

In den Slums gibt es gar kein Licht.
In einigen Unterkünften wird mithilfe von Irrlichtern für eine fahle
Beleuchtung gesorgt. Dies geschieht
vor allem in denjenigen Gegenden,
in denen keine Kobolde hausen. Die
dort residierenden Zugewanderten
und Fremden halten jede Form von
Technologie für verdächtig – ins-

besondere solche, die ohne jeden Glimmer funktioniert. Sie nennen die „Spielzeuge der Oberschicht" verächtlich „Hobwerke" und deren Fabrikanten und Ingenieure doppelsinnig „Hobmacher".

Tageslicht gibt es nur für die landwirtschaftlich genutzten Flächen in MenPark. Über eine Reihe von Konvexspiegeln, die aus den Tunnelecken der unfertigen Haltestelle zusammengeklaubt und nach einem ausgeklügelten Plan neu aufgestellt worden sind, wird durch die verklebten Scheiben des ehemaligen Sex-Shops einfallendes Sonnenlicht durch den sich angesammelt habenden Bauschutt hindurch und über die kaputten Rolltreppen hinweg nach unten geleitet. Der rückwärtige, vor Dreck strotzende und mit Schutt angefüllte Teil des Shops heißt bei den Elben „The Wildish".

Die Bewohner der unteren Stadtregionen, die es nach Sonnenlicht

dürstet, zieht es immer wieder nach MenPark, ihren Ersatz für einen Tag „auf dem Land". Normalerweise verlangen die Kobolde, die den Park betreiben, unerträglich hohe Zutrittsgebühren.

Auch wenn die meisten der Migranten Vegetarier sind: Als Baumaterial, für Waffen und zum Essen nutzen Vermintowns Einwohner alles, was sie finden können. Das bedeutet, dass die Infrastruktur der Stadt und weite Teile ihrer Wirtschaft von der Leistung der Müll-Durchsucher abhängig sind. Dabei handelt es sich um Grüppchen schlecht bezahlter Arbeiter (die selbstverständlich jeweils ein Kobold beaufsichtigt), welche sich Tag für Tag und Nacht für Nacht zur Oberfläche aufmachen, um die Hinterlassenschaften der Großen nach Brauchbarem abzusuchen, das dann durch eine endlose Karawane von Packratten in die Stadt transportiert wird. Die Arbeit der Müll-Durchsucher gilt allgemein als gefährlichste Art des Broterwerbs.

In sozialer Hinsicht ist Vermintown eine gespaltene Stadt. Aufgrund ihrer althergebrachten wechselseitigen Vorurteile und Vermutungen bleiben die verschiedenen Elben-Volksgruppen jeweils unter sich. Schwelende ethnische Spannungen können jederzeit zu gewalttätigen Auseinandersetzungen führen. Während die Jugendlichen den Ansichten und Traditionen ihrer Altvorderen gelegentlich den Rücken kehren und in ihrer Entfremdung artenübergreifend integrierende Gemeinsamkeiten entdecken, nähren die Älteren ihre Abneigung gegenüber ihren ihnen fremd erscheinenden Nachbarn. Den jeweils eigenen Nachwuchs lehren sie, an die Überlegenheit der „eigenen Art" zu glauben. Für sie ist die Stadt kein „gelobtes Land", sondern ein Übel, dass sie mit falschen Versprechungen dazu gebracht hat, ihre geliebte Heimat im Wilden zu verlassen.

Die Gobväter und Vermintowns Entstehung

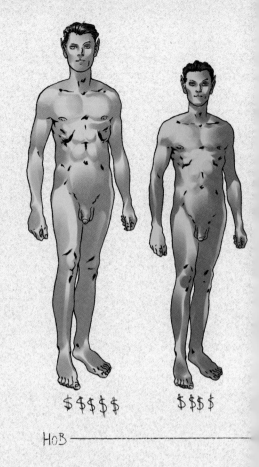

$ $$ $$

$ $$ $

HoB ————————————

ermintown wurde irgend-
wann zwischen 1972 und 1975
gegründet (nach dem Kalen-
der der Großen gerechnet). Eine ge-
nauere Angabe ist angesichts der
nebulösen Umstände, die zur Entdeckung der Haltestelle und ihrer
Inbesitznahme geführt haben, nicht
möglich. Irgendwann wurde aus einer einfachen Koboldlagerstätte „die
Stadt". (Sobald von „verschwimmen-
den Erinnerungen" die Rede ist, sollte in Betracht gezogen werden, dass
seit Vermintowns Gründung 30 Gro-
ßenjahre – elbische „Alljahreszeiten"
– vergangen sind. Das entspricht der
vollen Lebensspanne von dreizehn
aufeinanderfolgenden Koboldgene-
rationen.)

Da keine zeitgenössischen Auf-
zeichnungen über die Auffindung
der Haltestelle oder den sogenannten Großglimmer, durch den sie von
ihren Erbauern vergessen wurde,
existieren, sind wir auf die auf uns
gekommenen mündlichen Überliefe-
rungen und auf erst sehr viel später
abgefassten schriftliche Berichte an-
gewiesen. Einige der Letztgenannten
sind klar erkennbare Versuche be-
stimmter Koboldfamilien, dynasti-
sche Verbindungslinien zu einem der
(offiziell namenlosen) „Gobväter" zu
ziehen. Andere sind offensichtlich in
der Absicht geschrieben worden, sich
bestimmte Stadtbezirke oder öffentliche Aufgaben zum eigenen Vorteil
zuzuschanzen. Wieder andere sind
gut gemeint, aber stark romantisie-
rende Pamphlete zur Verherrlichung
des Muts und Einfallsreichtums von
Kobolden (in der Regel zu Lasten aller
anderen Elbenarten – obwohl diese
mit an Sicherheit grenzender Wahr-
scheinlichkeit damals noch nicht vor
Ort waren).

All die genannten Berichte stim-
men in einem Punkt überein: Es soll
eine Gruppe umherziehender Kobolde gewesen sein, deren Mitglieder
nicht nur mit ansehen mussten, wie
ihr Glimmer immer schwächer wurde, sondern auch, dass ihre Lebensspanne von Generation zu Generation immer weiter abnahm, als sie von
einem Beutegreifer aus ihrem pro-
visorischen Domizil in einem Gully
der Großen vertrieben wurde. (Es besteht Uneinigkeit darüber, um welche
Art Raubtier es sich gehandelt haben
soll. Die Erwähnung von „Donnerlau-
ten" und „starken Erschütterungen"
lässt aber darauf schließen, dass es
sich um einen Arbeiter von der na-
hegelegenen, im Bau befindlichen
U-Bahn-Haltestelle gehandelt haben
muss.) Elf der Kobolde – es soll sich
dabei ausschließlich um männliche

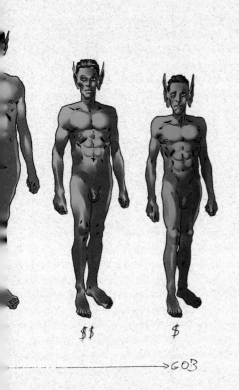

$$ →GOB

großes Vergessen", für die Piktsies ist sie „Das Welken", für die Wichtel „Zöhbun-Slathl", „Das verlangsamte Klopfen". Wie auch immer der Vorgang genannt wird, eins ist klar: Die Gobväter hatten noch niemals zuvor einen derartigen Glimmer an sich erfahren. In einigen Berichten hat das Erlebnis einen eigenen Namen: „Das Wichtigste, das sie je gefühlt haben" – eine für Kobolde nicht untypische Sicht der Dinge.)

Die Gobväter waren – nur aufgrund des Gefühls, nunmehr rechtmäßige Besitzer der Haltestelle zu sein – so sehr von magischer Kraft durchdrungen, dass sie für einen kurzen Augenblick in der Lage waren, ihr natürliches Konkurrenzdenken zu überwinden und einen ganz und gar außergewöhnlichen Glimmer zu spinnen, den sie in einem Akt gewiefter existenzialistischer Geheimniskrämerei den Steinen und Kacheln einschrieben. Stück für Stück verloren ihre Erbauer die Erinnerung an das Vorhandensein der Station: Einige der Großen verlegten die Baupläne, andere frisierten die Etats – und vergaßen kurz darauf, dass die Haltestelle je existiert hatte. Der Platz schien geistig schwer greifbar geworden zu sein, als ließe er sich mental nicht erfassen. Der bereits zum Abriss ausgeschriebene Sex-Shop zum Beispiel erlebte noch einen Wiederbelebungsversuch, bevor er endgültig geschlossen wurde. Die Leute konnten ihn einfach nicht wiederfinden – wenn sie überhaupt eine Erinnerung an seine Existenz bewahrt hatten. Schon bald war die ganze Haltestelle mit allem, was mit ihr zu tun hatte, vollständig in Vergessenheit geraten.

Und heute? Die Vermintown-Kobolde verehren und fürchten die Gobväter noch immer. Zahlreiche urbane Legenden kursieren über sie – etwa, dass sie immer noch leben, weil ihre Kraft sie nicht sterben lässt: „Bleib weiterhin ein böser, kleiner Grüner und die Gobväter werden kommen und dich holen ...""

Kobolde gehandelt haben, auch wenn diese Behauptung neuerdings stark angezweifelt wird – wurden von den übrigen getrennt. Sie stolperten quasi über die fast fertige Wardour-Street-Station und, ganz die Kobolde, die sie nun einmal waren, erkannten sofort deren Wert. Sie beanspruchten die Haltestelle als ihren Besitz. Nach ein paar routinemäßig durchgeführten Kameradenschweinereien entdeckten die verbliebenen acht Gobväter in ihrem neuen Eigentum einen so starken Glimmer, dass sie sich seiner Macht nicht entziehen konnten.

(Kobolde haben, wie alle Angehörigen des Glimmervolks, viele Vermutungen und Legenden über die nun schon seit Hunderten von Alljahreszeiten andauernde langsame Abnahme ihrer magischen Kräfte. Die meisten Kobolde nennen sie „Das

KON-SERVE

dagewesenen Geheimniskrämerei. Sogar die weitverbreitete Legende über den Standort des Rathauses, in der es darum geht, wie die Gobväter darüber diskutieren, wer der erste Bürgermeister der Stadt werden soll, erwähnt keinen von ihnen mit Namen – und endet damit, dass ein zugewanderter Kobold aus einem anderen Stamm gewählt wird, damit sie selbst im Zustand ihrer unkoboldischen Gleichheit verharren können.)

Es ist erstaunlich, dass eine Gruppe namenloser Berühmtheiten von einer zielstrebig egozentrischen Art über einen so langen Zeitraum hinweg verehrt worden ist. Es ist dies außerdem nicht ohne Ironie, wenn man an all die heldenhaften (und durchaus benennbaren) Söhne und Töchter der Stadt denkt, die Vermintown in den 320 folgenden Halbzyklen ihren Stempel aufgedrückt haben – und die schlicht und einfach vergessen wurden.

DAS GLIMMERVOLK UND DIE GROSSEN: EIN TRAKTAT MIT BESONDEREM AUGENMERK AUF ZEITEN UND GRÖSSEN

Den verschiedenen Arten des in Vermintown ansässigen Glimmervolks erscheinen die Angehörigen des Menschengeschlechts – gemeinhin „die Großen" genannt – unglaublich langsam. Philosophisch gesehen haben sie aus Glimmervolkperspektive mehr mit natürlichen Gegebenheiten wie etwa plattentektonischen Verschiebungen gemein als mit anderen Lebewesen. Die schwerfälligen Sinnesorgane der Großen haben das kleine Volk einerseits davor bewahrt, entdeckt zu werden, und seinen Angehörigen andererseits ermöglicht, seit undenklichen Zeiten ihren (durchaus wahrnehmbaren) kulturellen Betäti

(Auch wenn es auf den ersten Blick ein Widerspruch in sich zu sein scheint: Die Anonymität der Gobväter in den meisten überlieferten Berichten ist ein deutlicher Hinweis auf den höheren Wahrheitsgehalt dieser Quellen gegenüber denjenigen, in denen behauptet wird, ihre Namen seien bekannt. Alle Kobolde – aber vor allem die Hobs – sind, auf Kosten aller anderen, geradezu manische Selbstverherrlicher. In Anbetracht der Größe ihrer Tat und des daraus resultierenden Ruhmpotenzials lässt die unklare Identität der Gobväter nur den einen Schluss zu, dass sie selbst sich darauf verständigt haben müssen – einstimmig, absichtlich und absolut. Zur Frage ihrer Motivation kursieren natürlich zahlreiche Theorien, aber aus welchem Grund auch immer: Die Entdeckung der Wardour-Street-Haltestelle und der zu ihrer Aneignung notwendige „Großglimmer" wurden offensichtlich Gegenstand einer nie

gungen nachzugehen. Zum Teil verdankt das Glimmervolk seine Existenz im Verborgenen sicherlich seiner unendlichen Sorgfalt und ausgeklügelten Magie, entscheidend (wenngleich ein wenig prosaisch) ist aber die Tatsache, dass Elben sich für menschliche Augen einfach zu schnell bewegen.

(Es ist in gewisser Weise paradox – und gleichzeitig charakteristisch –, dass es in so vielen der ältesten Traditionen des Glimmervolks um handfeste Eingriffe in das Leben von Wesen geht, die praktisch unfähig sind, sie entdecken zu können. Elben sind kulturell genötigt, ihre Anwesenheit zu verraten, während sie aus sozialen und physikalischen Gründen davon abgehalten werden, sich zu zeigen. Dies ist, in aller Kürze, die Crux der existenziellen Krise, in der sich das Glimmervolk befindet.)

Hieraus folgt, dass die Menschen im Weltbild der Bewohner Vermintowns eine eigenartige Nische bezogen haben: Ein Großer ist darin irgendetwas zwischen einem Gletscher, einem schrecklichen Beutegreifer und einer Gottheit. Sie starren zu den monströsen Gestalten hoch, die über ihnen knarzen, und sehen kolossale Füße und die Ansätze von Beinen, die sich nach oben hin im Unendlichen einer staksig-diffusen Fischaugenunsicherheit zu verlieren scheinen.

Zeit: In Anbetracht der unterschiedlichen Maßstäbe, mit denen das Glimmervolk und die Großen Zeit erfassen, sollte die nachfolgende Gegenüberstellung ihrer wichtigsten Standardeinheiten nicht ohne Wert sein.

Größe: Ein durchschnittlicher Einwohner Vermintowns ist einen Zoll groß. Das entspricht, über den Daumen gepeilt, 2,54 Zentimetern – wobei selbstverständlich sein sollte, dass schon unter den Angehörigen einer einzigen Art eine extreme Spannweite an unterschiedlichen Daumentypen angetroffen werden kann, um von, sagen wir, dem Unterschied zwischen einem jungen, dürren Kobold-Hering und einem ausgewachsenen Brounie-Finderkönig ganz zu schweigen.

Ein Vergleich zwischen einer für Vermintown typischen Behausung und einem Bauwerk der Großen ergibt einen Maßstab von 72:1.

Die Großen	Das Glimmervolk
1 Jahr *(356 Tage)*	*1 Alljahreszeit oder 8 Halbzyklen –* *entspricht etwa 8 Jahren der Großen*
45 Tage	*1 Halbzyklus – entspricht etwa 1* *Großenjahr (360 Wakes)*
1 Tag / 24 *Stunden*	*1 Sonnenkreis / 8 Wakes*
3 Stunden	*1 Wake – entspricht etwa 1 vollen* *Großentag (Tag und Nacht)*

Boggarts folgen einer abweichenden Tagesrhythmik; ihre grundlegende Zeiteinheit entspricht in etwa einem Sechstel eines vollen Großentags statt einem Achtel.)

TIBITHA LEVERET

Sie ist die steinalte Stammmutter der Leveret-Familie und steht als „Älteste" den Feen unter den Einwohnern Vermintowns vor – was faktisch eine spirituelle Vorrangstellung ist, die ihr allein wegen ihrer Langlebigkeit zugestanden wird. Es ist eine Eigentümlichkeit des Elfenlebens, dass das Stadium der „Alljugend" – das in gewisser Weise der Pubertät bei den Großen nicht unähnlich ist – im Prinzip unendlich ausgedehnt werden kann. Beendet wird es regelmäßig entweder durch Tod, durch Krankheit oder (üblicherweise) durch die Entscheidung,

sich fortpflanzen zu wollen. Tibithas Alljugend dauerte, wohl aufgrund ihres zum Optimismus und zum Mutwillen tendierenden Charakters, ganz außerordentlich lange. Sie war weit über 700 Halbzyklen alt, als sie sich entschied, eine eigene Familie zu gründen. (Zum Vergleich: Das Alter ihrer beiden Enkel, Fig und Tael, beträgt am Beginn unserer Geschichte gerade einmal 16 Halbzyklen, was zwei „Großenjahren" entspricht.) Möglicherweise ist sie die älteste Fee, die je gelebt hat – auf jeden Fall macht ihr niemand ihre Position als alles überragende Älteste in Vermintowns „The Mound" genanntem Elfenghetto streitig.

Ironischerweise – zumindest angesichts ihres fast schon kindischen Naturells – ist an die Rolle der „Ältesten" die Erwartung eines gewissen Konservativismus geknüpft, verbunden mit der Pflicht zur Übernahme der Verantwortung für die spirituellen Bedürfnisse der Gemeinschaft und eine Verhaltenstreue gegenüber den Erzählungen, Traditionen und kulturellen Praktiken aus der elfischen Vergangenheit. In der Öffentlichkeit kommt Tibitha ihren Verpflichtungen mit Enthusiasmus und großer Hingabe nach. Die Gemeinschaft liebt sie für ihren steten Einsatz, den „Alten Wegen" zu folgen und sie gleichzeitig den Bedürfnissen des modernen Großstadtalltags anzupassen.

Im Privaten durchlebt Tibitha eine tiefe und profunde, durch ihre Einsicht in die komplexen moralischen Grauzonen, die sozialen Verwerfungen und Verführungen Vermintowns ausgelöste Glaubenskrise. Sogar noch stärkere Zweifel, als die ihr anvertrauten jungen Elfen hegen, deren spirituelle Reinheit sie eigentlich beaufsichtigen soll, hat sie angesichts der unschönen Realität der Großstadt. Sie hinterfragt die „Alten Wege" mit ihrer in ihren Augen überflüssigen Ausrichtung auf ein Leben, das mit dem Eingreifen in kleinste All-

tagsgeschäfte der Großen zugebracht wird, wie dem Verknoten von Haaren, dem Reparieren von Schuhen, dem Bestäuben von Spinnweben mit Tau, dem Stehlen von Zähnen und so weiter. Sie hinterfragt den Sinn dieser Verrichtungen, ihre „Wahrheit" und vor allem: ihre eigene Rolle in diesem bizarren Mix. Nach außen hin gediegen, steht Tibitha innerlich vor einer spirituellen Revolution, der die Elfengemeinschaft entweder folgen muss – oder Tibitha wird isoliert und gebrochen zurückbleiben.

Nur Tibithas Tochter Sal weiß um die rebellische Ader ihrer Mutter. Für Sal ist sie aber nur ein Ausdruck langsam fortschreitender Senilität, der sie sorgen lässt, die „bekloppte Alte" sei dabei, sich durch „Selbstmedikation", wahllosen Beischlaf und heftigstes Steilgehen ein paar ernsthafte Probleme einzuhandeln. Sie ahnt nicht, dass Tibithas Hang zum Brechen von Regeln sich bereits vor 96 Großenjahren manifestiert hat ...

Großmutter Tibbs' großes Geheimnis besteht darin, dass sie und ihre inzwischen längst toten Schwestern zu den berühmten „Cottingley-Feen" gehören, die von zwei Kindern der Großen 1917 fotografiert worden sind. Sie ist damit verantwortlich für den ruchlosesten Bruch des SeeLaws – jenes allen Elben gemeinen Grundgesetzes, das ihnen verbietet, sich jemals vor menschlichen Augen sehen zu lassen. Des ruchlosesten Bruchs, der je wissentlich begangen worden ist.

Aufgrund einer aus Schuld gespeisten gedanklichen Assoziation ist Tibitha davon überzeugt, zum Tod durch einen ausgemergelten Fuchs verdammt zu sein, dessen Kiefern sie am Tag ihres Gesetzesübertritts entkommen konnte. Es ist dies ein Schrecken, den sie halluziniert, seit sie mit ihrer Familie nach Vermintown migriert ist.

ANMERKUNGEN
von Jens R. Nielsen

allgemein:

„Elfen" und „Feen" wird in *Disenchanted* synonym gebraucht. „Elben" ist dagegen ein anderes Wort für „kleines Volk". Alle Elfen sind Elben, aber nicht alle Elben sind Elfen.

zu Seite 3:

„Vermintown" = wörtl.: „Ungezieferstadt"

Der Liniennetzplan zeigt einen Teil des Londoner U-Bahn-Systems. Die handschriftlich eingezeichnete Bahnlinie und die Stationen Serpentine und Wardour Street sind fiktiv.

Die Schlagzeile auf der Titelseite des *Bradford Daily Telegraph* lautet: „Mädchen aus Cottingley behaupten, echte Feen fotografiert zu haben". Sie nimmt Bezug auf den Hoax um die „Cottingley-Feen", der durch fünf von zwei Cousinen 1917 angefertigte Fotografien ausgelöst wurde, auf denen die Mädchen scheinbar inmitten geflügelter Wesen zu sehen sind. Das unter der Schlagzeile abgedruckte Bild ist die zeichnerische Wiedergabe eines der historischen Fotos. Die *Disenchanted* („disenchanted" = „entzaubert", „enttäuscht", „desillusioniert") zugrunde liegende Leitidee ist, dass die Fotos *nicht* gefälscht waren.

Die Beschriftung des Aktendeckels: „L.U. [für ‚London Underground'] Soho – Ausbau Zweigstrecke ‚Wardour Street – Serpentine' – 9. Februar 1968 – *Projekt vorerst zurückgestellt*"

Die Broschüre weist auf einen durch Geschäftsaufgabe notwendig gewordenen Räumungsverkauf in Dirty Dick's Sex-Shop hin. Der Name des Ladens ist sprechend: „Dirty Dick" ist nicht nur ein „schlimmer Richard", sondern auch ein „dreckiger Penis".

zu Seite 5:

„Piktsies", im Original: „*pics*" sind offenbar eine Mischung aus Pixies („*pixies*") und Pikten („*picts*"). Die westenglisch-kornischen Pixies gehören eindeutig zum kleinen Volk, sollen aber eher wie bartlose Gartenzwerge oder geflügelte Heinzelmännchen aussehen. Die Pikten sind dagegen archäologisch fassbare Menschen, über die, außer dass sie im Gebiet des heutigen Schottlands ansässig gewesen sein und sich blau angemalt oder tätowiert haben sollen, wenig bekannt ist.

„Grein", im Original *Whine*, ist ein Kunstwort aus „Wein" („*wine*") und „greinen" (*„to whine"*)

zu Seite 7:

„ausstauben" (im Original: *„to allhaze"*, „alldunsten" – ein sonst nicht existierendes Verb); bezieht sich offenbar auf den Feen- oder Elfenstaub, dessen vollständige Verausgabung als gleichbedeutend mit dem Versiegen der Lebenskraft (vulgo: Tod) gedacht wird

zu Seite 9:

zur Titelseite des *Bradford Daily Telegraph* vgl. die Anmerkungen zu Seite 3

„Silber-Glöckchen": Kleine Glöckchen aus Silber (wie sie hierzulande zum Beispiel zur Grundausstattung von Narrenkappen gehören) werden spätestens seit Thomas Keightley (1789-1872) mit Feen und Elfen in Verbindung gebracht. In seinem bahnbrechenden *The Fairy Mythology* (Ainsworth [London], 1828; dt. als *Mythologie der Feen und Elfen* in der Übersetzung von Oskar Ludwig Bernhard Wolff im Landes-Industrie-Comptoir [Weimar], 1828) erzählt Keightley (in der Übersetzung ab Seite 377) die Geschichte vom verlorenen Glöckchen, in dem ein Angehöriger des kleinen Volks beim Tanzen eben dieses abhanden kommt, woraufhin er nicht mehr schlafen kann.

zu Seite 12:

„Der Vermintown Regular"; „*regular*" = „turnusmäßig"

zu Seite 17:

„He Ar Me – Raw-Sushi; deliveries only" (He Ar Me – Rohes Sushi; nur Außerhausverkauf): Im xenophoben Slang bedeutet *„raw sushi"*, dass ein Sushi mit altem, verdorbenem Fleisch zubereitet worden ist (weil „zivilisierte" Menschen angeblich nichts Ungekochtes essen). Darauf, dass der Laden nicht empfehlenswert ist, weist auch hin, dass Außerhauskunden keine Gelegenheit haben, der Zubereitung der Speisen beizuwohnen (wie es sich für ein gutes Sushi gehört).

zu Seite 20:

Die schottischen Brounies (auch „Brownies" oder „Urisken") sind den Heinzelmännchen vergleichbare Wichte. Traditionell helfen sie im Haushalt und werden nur böse, wenn jemand versucht, sie für geleistete Dienste mit etwas anderem als Süßigkeiten zu entlohnen.

zu Seite 21:

Die Pilzringe sind im Original *„mushrings"* (kurz für *mushroom rings*), eine ungebräuchliche Bezeichnung). Offenbar will Spurrier die geläufigen Ausdrücke *„fairy ring"* und *„elf circle"* („Feenring") als auf es selbst verweisende Bezeichnung des kleinen Volks für Hexenringe vermeiden.

zu Seite 22:

Dass Elfen und Feen die Milch sauer werden lassen, ist ein althergebrachter Aberglaube. „Zahnernte" bezieht sich darauf, dass angeblich eine Zahnfee den nachts unters Kopfkissen gelegten Milchzahn eines Kindes mitnimmt und gegen ein Geschenk austauscht.

zu Seite 24:

Was „Pins" („Nadeln", „Stifte", „Kegel" „Bolzen") sein soll, bleibt im Dunkeln. Der Name lässt an typische Kneipenspiele wie Darts oder Pinball denken.

Ein Cluricaun (im Original: *„clurichaun"*) ist im irischen Volksglauben ein hinterhältiger, trinkfreudiger Einzelgänger. Dass sich die Cluricauns in Vermintown offenbar zu einer Gang zusammengeschlossen haben, sollte als weiterer Hinweis auf den Traditionsverlust verstanden werden, der mit Migrationsprozessen unweigerlich einhergeht.

„Sprog" = „Kinder"; „Sprogtage" (im Original: *„sprogdays"*) sind wörtlich „Kinderkriegtage", also Geburts- oder allgemeiner Feiertage (hier demnach eine Mischung aus „Kindertage" und „Urlaub").

zu Seite 26:

„Schuhe" bezieht sich auf die erste von drei Episoden in „Von den Wichtelmännern", dem *Kinder- und Hausmärchen* Nummer 39 von Jacob (1785-1863) und Wilhelm Grimm (1786-1859), in dem zwe nackte Wichtel nächtens einem armen Schuhmacherehepaar zu Wohlstand und Glück verhelfen. Die Episode wurde als „The Elves and the Shoemaker" 1884 von Margaret Hunt (1831-1912) ins Englische übertragen.

„Spinnweben" ist auch eine Anspielung auf Cobweb, eine der Dienerinnen der Elfenkönigin Titania in William Shakespeares (1564-1616) *A Midsummer Night's Dream* (dt.: *Ein Sommernachtstraum*), die in der Schlegel-Übersetzung „Spinnweb" heißt. Dahinter steht die Vorstellung, dass es sich bei *cobwebs* (im Gegensatz zu „in Gebrauch befindlichen" Spinnennetzen) um abgestreifte und zurückgelassene Elfenkleider handelt – ein Aberglaube, der älter sein dürfte als die Shakespeare-Komödie (und der die Anwesenheit von Spinnen in Elfengeschichten wie *The Lord of the Rings* oder *Harry Potter* erklärt).

„Schlaf" ist eine elbische Zeitangabe und bedeutet so viel wie „Nacht"

zu Seite 29:

„*Hot Rats Bar*" = „Heiße Rattenbar". „Hot Rats" ist eine Anspielung auf das gleichnamige Album, das Frank Zappa (1940-1993) 1969 herausgebracht hat. Das lyrische Ich des Titelsongs ist ein Zuhälter, der beschreibt, was er im „Angebot" hat – darunter „heiße Ratten".

„Slitch" ist eine Zusammenziehung aus „*slut*" („Schlampe") und „*bitch*" („Schlampe"), wäre im Deutschen also am ehesten eine „Doppelschlampe"

„Digit" = „Finger"; elbische Zeiteinheit (entspricht in etwa einer Stunde)

„Gemergelte", kurz für „Ausgemergelte" (im Original: *scrawnies*"), bezeichnet hier Drogenkonsumenen

zu Seite 33:

Die „Arschficker" sind im Original „*sods*". „*sods*" bezeichnet im Englischen außer „Sodomiten" auch Fieslinge, „weibliche Schweine" oder „Grasnarben" („Soden"), eignet sich also gut als abwertendbeleidigender Ausdruck für Grünhäutige.

Bogtown ist ein tiefer liegender, Slum-ähnlicher Bezirk Vermintowns. „*bog*" ist einerseits die Kurzform von „*boggart*", andererseits ein Wort für „Sumpf" oder „Morast".

zu Seite 35:

„Click" = „Schnalzlaut"; elbische Zeiteinheit (entspricht in etwa einer Minute)

zu Seite 38:

„Glöckchen" (im Original „Tinkerbell") ist eine Anspielung auf die von J.M. Barrie (1860-1937) erdachte kleine Fee Tinker Bell aus *Peter Pan* (1904; gedruckt 1911), die durch den gleichnamigen Disney-Zeichentrickfilm von 1953 weltberühmt geworden ist. Bei Barrie war sie ursprünglich der Inbegriff einer „gewöhnlichen Elfe".

zu Seite 40:

„Schneckenstücke" sind im Original „*snailbits*", also eine Mischung aus „*bacon bits*" („Speckwürfel") und „*snail bites*" („Schneckerlis"), einem fiktiven Snack aus der zur 2011/12 ausgestrahlten 8. Staffel der TV-Animationsserie *SpongeBob SquarePants* (USA, seit 1999; dt.: *SpongeBob Schwammkopf*) gehörenden Episode „Treats!" (wörtlich: „Leckerlis!")

zu Seite 41:

Boggarts (auch „Bogs") sind aus Nordengland stammende, ortsgebundene Haus- oder Flurgeister, die als vollständig bösartig gedacht werden (ihre schottischen Gegenstücke heißen „*bogles*" oder „*bogills*"). Es gibt im Deutschen kein Wort dafür, aber wohl eine sprachliche Verwandtschaft zum Puck.

zu Seite 43:

„*Vermintown Militia HQ*" = „Hauptquartier der Vermintown-Miliz"

„Nextwake" = „nächstes Erwachen"; elbische Zeitangabe, die so viel wie „morgen" oder „nächstentags" bedeutet

zu Seite 52:

„Wake" = „Erwachen", „Wachzeit"; elbische Zeitangabe, die so viel wie „heute" oder „Tag" bedeutet

Bottletops sind Kronenkorken oder andere Flaschen- oder Dosen-

aufsätze. Hier dürfte aber das Hauptquartier der Vermintown-Miliz gemeint sein, das in einem ehemaligen Waren- oder Getränkeautomaten untergebracht ist und, wie auf Seite 65 zu sehen, zahlreiche darum herumstehende, umfunktionierte Getränkedosen und Flaschen überragt („überragen" = „*to top*").

zu Seite 54:

„Moundtop" = wörtlich: „Hügelspitze"; hier ist der „obere Rand" von Vermintowns Slum gemeint, offenbar das bevorzugte Wohngebiet der älteren Elfen

zu Seite 61:

„Newwake" = „neues Erwachen"; elbische Zeitangabe, die so viel wie „Morgen" bedeutet

„Klingel" sind elbische Münzen

„*Vermintown Gardens of Remembrance*" = „Vermintowns Gärten des Gedenkens", der städtische Totenhain

zu Seite 62:

„Gob" steht kurz für „*goblin*", also ebenfalls „Kobold". In *Disenchanted* existieren unterschiedliche Arten oder Klassen von Kobolden, einige davon scheinen Eigenbezeichnungen oder ihnen von Anderen zugeschriebene Namen zu haben.

„*They Stumbled on the Road*" = „Sie sind auf dem Weg gestrauchelt" (also etwa: „Denen gewidmet, die vorzeitig den Weg des Lebens verlassen haben")

zu Seite 63:

„Flügel gewachsen": In *Disenchanted* sind nur weibliche Elfen geflügelt.

zu Seite 67:

„Hob" (in „Hobmacher-Spielzeug") steht kurz für „*hobgoblin*", was wiederum „Kobold" bedeutet oder, in älteren Quellen, „kleines Teufelchen". Für J.R.R. Tolkien (1892-1973) sind Hobgoblins größer als Goblins, ansonsten sind sie einander aber ähnlich.

zu Seite 68:

Ein „Squeal" ist Slang für einen Marihuana-Rausch. Grein scheint bei Elben etwas Ähnliches auszulösen.

Der Ausdruck „*brighthigh*" wird im Englischen nur als Bezeichnung für LED-Hochleistungsstrahler verwendet. In *Disenchanted* bedeutet es offenbar so viel wie „ein im Drogenrausch explodierendes Gehirn".

„Buckdowns"; „*to buck down*" bedeutet so viel wie „umgelegt werden" (in der Regel: „auf offener Straße erschossen werden"). Auch „Buckdowns" dürften nicht eben harmlos wirkende Elben-Drogen sein.

„Hexchimes" versprechen ein „Zaubergeläut" im Hirn der Konsumenten

„Bubbleroot" wär', wenn es denn existierte, im Deutschen „Blasenwurz"

„Weedbutts"; „*weed butts*" („Grasärsche") sind im Slang Personen, die so viel Marihuana konsumiert haben, dass ihre Fürze danach riechen

„Whitesnuff"; „*white snuff*" wäre „weißer Schnupftabak" – ließe also, weil Schnupftabak normalerweise gelblich-braun ist, auch „Kokain" assoziieren

„Meatkibs"; „*kibs*" sind im Slang „Zigaretten", „*meatkibs*" wären demnach „Fleischkippen"

zu Seite 73:

„Steamdream"; „*steam dream*" wäre ein „Dampftraum" – also offenbar das, was die beiden Spinner im Vordergrund gerade aus einer Art Shisha inhalieren. Im wirklichen Leben sind „*steam dreams*" allerdings „Eisenbahnerträume" oder aufreizende Steampunk-Cosplayerinnen.

zu Seite 78:

Der Allschmied (im Original: „*allsmith*"), also ein umfassend gedachter Erzeuger von Schmuck und Kleinodien, ist bei den materialistisch eingestellten Kobolden der naheliegende höchste Schöpfergott (das Wort ist analog zum „Allvater" der nordischen Mythologie gebildet).

zu Seite 81:

„Bogside" dürfte der „amtliche" Name von „Bogtown" sein (vgl. die Anmerkung zu S. 33)

zu Seite 82:

„Forewake" = „voriges Erwachen"; elbische Zeitangabe, die so viel wie „gestern" bedeutet

zu Seite 86:

Die „Gobväter" heißen im Original „*gobfathers*" und eröffnen zwei Assoziationsräume: zum einen, wenn „gob" als „goblin" gelesen wird, den Richtung „*Pilgrim Fathers*" („Pilgerväter"), die „Begründer" des puritanischen Amerikas, zum anderen den Richtung „godfathers" („Paten") und also zur Mafia.

zu Seite 111:

Auch für das Verknoten und Verkletten von Haaren macht der Volksglaube seit Jahrhunderten den Einfluss übermütiger Elfen verantwortlich. Im englischen Sprachraum wird wieder William Shakespeare als Kronzeuge aufgerufen, diesmal mit seinem *Romeo and Juliet* (um 1596 erstaufgeführt), wo er im 1. Akt, 4. Szene den Mercutio die Frau Mab beschreiben lässt, die „elbische Hebamme": „Ebendiese Mab | verwirrt der Pferde Mähnen in der Nacht | und flicht in strupp'ges Haar die Weichselzöpfe" (in der Übersetzung von August Wilhelm Schlegel). In der deutschen Tradition werden die der Frau Mab zugeschriebenen Aktivitäten mit dem Nachtalb oder der Mahrt beziehungsweise der Frau Holle in Verbindung gebracht, die sich als „Alpzopf", „Drudenzopf" oder „Wichtelzopf" (im Englischen: „*elflocks*" oder „*fairy-locks*") bemerkbar machen können.

zu Seite 116:

„SeeLaw" = wörtlich „das Seh-Gesetz"; die Vorschrift, nicht gesehen zu werden bzw. sich nicht zu zeigen

zu Seite 127:

Hinter „die Weise der Ahnen" (im Original: „*the air of the ancestors*") verbirgt sich ein unübersetzbares Wortspiel. „*air*" bedeutet im Englischen nicht nur „(Atem)Luft", sondern auch „Atmosphäre", „Lied" oder „Melodie". Die jungen Elfen sollen also nicht nur den „Atem" ihrer Vorfahren in sich aufnehmen, sondern auch ihre „Musik" und ihre „Art".

zu Seite 141:

„Sechzig"; elbische Zeiteinheit (entspricht in etwa sechzig Clicks, also einer Stunde, und wäre demnach ein Synonym zu „Digit")

zu Seite 144:

„O.D." = „*overdoser*"; Person mit Symptomen einer Überdosis, wörtl. „Überdosierender". Der Begriff ist, mitsamt seiner Abkürzung, als Lehnwort in vielen europäischen Sprachen heimisch, allerdings nicht im Deutschen.

zu Seite 148:

Einen „hohlen Hügel" (im Original: „*hollow hill*") gibt es in vielen Mythen Europas. Bekanntestes Beispiel für einen „hohlen Hügel" auf den Britischen Inseln ist der Glastonbury Tor, in dessen Innerem sich ein siebenfach gewundenes Labyrinth befinden soll (mehr dazu in der beim Dantes Verlag erscheinenden Serie *Sláine*). In vielen Erzählungen um das „kleine Volk" wird von Menschen berichtet, die in einem „hohlen Hügel" drei Tage lang feiern, während außerhalb des Hügels dreißig oder sogar dreihundert Jahre ins Land ziehen.

zu Seite 153

„Troglopolis" = „Höhlenstadt"; aus „troglophil" („höhlenliebend") und „Polis" („Stadt") zusammengesetztes Kunstwort

zu Seite 154

„*hatch*" bedeutet im Englischen sowohl „Klappe" oder „Durchreiche" als auch „Brut" oder „Schlüpfen". „The Hatch" wäre demnach ein hinter der Verschlusstür eines Schaltkastens untergebrachter Brüter des kleinen Volks, ein Elben-Reaktor.

zu Seite 156

„Alljahreszeiten" sind im Original „*allseasons*"

zu Seite 160

„The Mound" = „Der Hügel"; für einen Slum selbstredend ein euphemistischer, an das verlorene Wilde erinnernder Name (vgl. die Anmerkungen zu den Seiten 54 und 148)